Comment peut-on être français ?

CHAHDORTT DJAVANN

Comment peut-on être français ?

ROMAN

Dans la famille de Roxane Khân, la chose la plus difficile était de savoir qui était qui.

Les débordements sexuels de Pacha Khân avaient valu à Roxane un bon paquet de frères et de sœurs. Ce qui s'appelle la polygamie, quelques dizaines de femmes, une grande famille. Immense.

Le grand Pacha Khân, père de Pacha Khân et grand-père de Roxane, était né près de Bakou, au XIXᵉ siècle, sous le règne de Nasir ed Dir Chah, monarque absolu de la dynastie du Qâdjâr.

Le jour de sa naissance demeure inconnu.

Il était monogame et père de quatre enfants.

Lettré, il avait fait des études à l'école française de Tabriz.

Le grand Pacha Khân parlait « *parissii* », ce qui voulait dire « parisien » en turc azéri.

Et c'est ainsi que la grand-mère de Roxane appelait la langue française : « *parissii* », le nom de la première tribu gauloise qui habitait Paris. Mais la grand-mère de Roxane ne savait pas ça. Quand la femme du grand Pacha Khân parlait de son défunt mari à ses petits-enfants, elle disait : « Votre grand-père était un grand homme, un homme qui parlait *parissii* ».

Et c'était la fierté de toute la famille.

Bien que féodal et gouverneur d'une région d'Azerbaïdjan, le grand Pacha Khân s'opposa au roi et à la monarchie absolue. Il se déclara partisan d'une Constitution. Libéral avant l'heure, il fut obligé de se réfugier dans les montagnes d'Azerbaïdjan avec son armée. Le grand Pacha Khân fut assassiné.

Et ce fut le commencement du déclin.

Le jour de son assassinat demeure inconnu ainsi que le lieu où il fut enterré, mais, pour ses petits-enfants, sa mémoire resta à jamais liée à la liberté et à la langue française.

Pacha Khân fils, le père de Roxane, naquit quelques semaines après l'assassinat de son père.

La date exacte de sa naissance reste inconnue.

Il n'eut un acte de naissance qu'à l'âge de dix-sept, dix-huit ou peut-être même vingt ans...

Avant 1925, l'instauration du régime de Reza Chah Pahlavi et la modernisation du pays, personne ne déclarait la naissance de ses enfants, le nom de famille n'existait pas. Les prénoms étaient suivis de la filiation, de la profession, ou d'un titre.

Le destin se montra implacable avec le petit Pacha dès sa naissance : il fut arraché à sa mère et élevé dans une sorte d'orphelinat du roi du Qâdjar. Sans père, privé de l'amour maternel, il reçut un enseignement sévère. La coutume voulait que, de temps à autre, les maîtres d'école frappassent à coups de badine les élèves suspendus à une perche horizontale, pieds et poings liés, à un mètre du sol. En faisant saigner les pieds des garçons, cette méthode d'éducation, fort en usage à l'époque, avait pour but de façonner des esprits obéissants.

Pendant la Première Guerre mondiale, l'Iran était encore un pays totalement rural. Alors que les Russes avaient occupé l'Azerbaïdjan, jeune adolescent, Pacha Khan connut bien des misères. Sans père, sans mère, sans enfance, dès qu'il en eut l'âge, il trouva refuge dans les bras de ses quelques dizaines de femmes.

Et il en résulta des enfants et des enfants.

Pacha Khân fils ne parlait pas français et il n'était pas un défenseur de la liberté. Il devint un féodal, puis un ingénieur bâtisseur. Il collabora avec des spécialistes étrangers, traça des routes, des voies de chemin de fer, creusa des tunnels, construisit des écoles, aménagea des villages et voyagea dans tout l'Iran. Dans chaque port et chaque ville, il laissa des traces de son séjour.

De haute et forte stature, il avait une allure slave et plaisait beaucoup aux femmes. Pacha

Khân mena une vie de pacha jusqu'au jour de son accident. Il ne conduisait pas, il se faisait conduire par ses chauffeurs. Un soir, dans les montagnes d'Azerbaïdjan, sa voiture tomba dans un ravin. Le conducteur fut tué et Pacha Khân gravement blessé.

Et ce fut le commencement d'un autre déclin.

Il resta dans le coma pendant des semaines, on le crut condamné. À Najemiéh, le meilleur hôpital de Téhéran, on fit venir un chirurgien français. D'opération en opération, on entreprit de sauver Pacha Khân. On intervint tour à tour sur sa boîte crânienne, sa cage thoracique, ses yeux, son nez, son ventre, et enfin ses bras et ses jambes. Alors que personne n'y croyait et que ses enfants et ses femmes le pleuraient, il revint à la vie. Et un jour, après des mois, il quitta l'hôpital.

Sa haute et forte stature, brisée de partout, tremblait et il ne tenait debout désormais qu'avec l'aide d'une canne. Les médecins lui prescrivirent des doses quotidiennes importantes d'opium afin d'atténuer la douleur.

Pacha Khân, qui n'avait rien fumé pendant près de soixante ans, devint un opiomane. Il ne retrouva plus jamais la santé d'antan et ne travailla plus. Il retourna en Azerbaïdjan et se réfugia dans l'opium.

L'histoire avait déjà mal commencé bien des années avant la naissance de Roxane. Cadette de toute cette progéniture, elle fut la seule à naître dans les montagnes d'Azerbaïdjan ; ces mêmes montagnes où avait été assassiné son grand-père et où la vie de son père avait été brisée.

Et, un siècle plus tard, Roxane fut aussi la seule à fouler le sol de Paris.

Place Denfert-Rochereau. Un matin d'hiver sombre, un grand froid humide. La lumière des réverbères troue la grisaille brumeuse. La ville dort encore.

Roxane est devant sa grande valise, elle vient de descendre d'Orlybus. Elle reste un bon moment immobile. Une minute s'écoule, puis deux, trois, quatre... Elle est toujours immobile, aussi immobile que le lion au milieu de la place. Elle n'ose bouger, de peur que Paris disparaisse, tel un génie dans son vase.

D'expérience, elle savait que Paris était une ville faite de songes et de rêves, que cette ville disparaissait comme elle apparaissait, d'un seul coup. Paris, c'était un rêve qui ne durait pas, qui ne devenait jamais réel. Paris était son fantasme à elle.

Ce n'était pas la première fois qu'elle était à Paris, qu'elle arrivait à Paris, qu'elle était là, devant sa valise.

Des centaines de fois, pendant les longs après-midi chauds et humides de son adolescence, elle avait rêvé de son arrivée à Paris par une matinée froide.

Elle savait que Paris existait : dans *Les Misérables*, *Le Père Goriot*, *Les trois Mousquetaires*, *Notre-Dame de Paris* ou *L'Âme enchantée*, qu'elle avait lus et relus pendant les longs après-midi chauds et humides de son adolescence. Oui, elle savait que Paris existait dans les livres, comme ces belles histoires qui n'existent que dans les livres, comme les êtres mythiques et légendaires qui existent depuis des siècles et des siècles, mais elle savait aussi que le Paris réel, c'était un rêve qui ne tenait pas debout, pas longtemps.

Alors elle demeure immobile devant sa grande valise, pour que Paris dure encore un peu.

La ville se réveille petit à petit. Le café Daguerre ouvre ses portes, les autres aussi. Les voitures s'arrêtent au feu rouge, démarrent au feu vert. Les Parisiens s'arrêtent au feu rouge et traversent la rue au feu vert. Ils marchent d'un pas rapide. D'autres Parisiens s'attardent dans les cafés qui entourent la place Denfert-Rochereau. Ils boivent leur café, mangent leur croissant, parcourent le journal d'un œil, fument une cigarette, sortent du café et marchent d'un pas rapide.

Le lion est toujours là, au milieu de la place Denfert-Rochereau, et Roxane devant sa grande valise, immobile telle une statue.

Le vent se lève. Violent, il fouette les passants. Les passants, enfouis sous leurs manteaux et leurs cache-nez, se précipitent vers les bouches du métro.

Seul un chien se préoccupe de Roxane. L'animal a compris que Roxane n'est pas une statue de lion. Il se jette sur elle. Roxane sursaute, surprise par l'aboiement du labrador, debout, les deux pattes appuyées sur son ventre. Elle recule. Le chien insiste. Le maître du chien se précipite vers Roxane, reprend la laisse de l'animal qui se cramponne à son manteau. L'homme s'excuse.

Roxane ne parle pas français et ne le comprend pas non plus.

Elle revient à elle, soulève sa valise, traverse le boulevard Saint-Jacques, l'avenue René-Coty et l'avenue du Général-Leclerc. Elle fait cinquante mètres dans la rue Daguerre. Elle pose sa valise devant une porte, se retourne et regarde encore une fois la ville avant d'entrer dans l'immeuble. On lui dit que sa chambre est au sixième étage et on lui en donne la clé. Elle emprunte l'escalier de service, un peu étroit pour sa grande valise. Elle monte marche à marche sa valise jusqu'au sixième étage sans s'arrêter. Le froid l'a endurcie. Elle pose sa valise devant la chambre numéro sept. Elle prend la clé dans sa poche. Elle ne sent pas ses doigts. Elle ouvre la porte, pose sa grande valise au milieu de la pièce. Elle ferme la porte.

Un morceau de ciel gris se découpe dans l'encadrement de la lucarne carrée de sa chambre de bonne.

Elle est à Paris.

Roxane s'assit sur le lit pour reprendre son souffle. Les nuits de veille et d'angoisse avant le voyage prirent leur revanche. Elle s'endormit d'un sommeil profond. Quand elle se réveilla, elle ne savait où elle était et crut avoir encore rêvé. Mais le petit morceau du ciel de Paris qui se découpait dans l'encadrement de la lucarne était toujours là.

Les longs après-midi chauds et humides pendant lesquels elle avait rêvé de Paris lui parurent appartenir à un passé lointain. Cet après-midi-là, elle ne rêvait plus.

Elle se prépara solennellement pour Paris, comme d'autres se préparent pour La Mecque.

Elle sortit de sa chambre, ferma la porte à clé, la glissa dans sa poche et descendit les escaliers. Elle était dans la rue Daguerre. Elle regarda son plan pour vérifier l'itinéraire qu'elle avait appris par cœur des semaines avant son voyage. Elle le plia et fit confiance à sa mémoire. Elle était même capable de trouver Notre-Dame et le Louvre les yeux fermés. Mais ce n'était pas le moment de fermer les yeux. Surtout pas. Elle emprunta l'avenue Denfert-Rochereau, puis le boulevard Saint-Michel jusqu'à la place Edmond-Rostand. Elle avait la sensation de planer sur Paris, à quelques centimètres au-dessus du sol. Ses jambes la faisaient avancer avant que ses pieds ne touchent vraiment le sol. Elle était légère, hors pesanteur, comme si elle marchait sur la lune ; la matérialité de son corps avait fondu sous l'extase.

Il n'était pas possible à Roxane de traduire en mots ce que c'était d'être réellement à Paris. Il fallait avoir rêvé des années de Paris pour comprendre ça. Et ça, c'était quelque chose. Être à Paris.

Elle entra dans le jardin du Luxembourg en pensant à Marius, à Cosette et à Jean Valjean, en pensant à Victor Hugo, oui, à Victor Hugo dont elle était secrètement amoureuse depuis ses douze ans.

Les arbres, sans feuilles, et les allées, dépeuplées, donnaient au Luxembourg une beauté sobre, un romantisme mélancolique. Elle se recueillit devant la fontaine Médicis, devant la statue de Charles Baudelaire. Elle connaissait le titre de son recueil *Les Fleurs du mal*. Elle admira l'édifice du Sénat et s'étonna que le jardin du Sénat fût un jardin public.

Comment peut-on être en démocratie ?

Paris lui avait toujours paru à des siècles de chez elle.

Elle continua à descendre le boulevard Saint-Michel. Elle pénétra dans la cour de la Sorbonne comme on pénètre dans un sanctuaire. La prestigieuse Sorbonne, où elle avait rêvé d'être étudiante.

Elle s'invita au Café de Cluny, au croisement du boulevard Saint-Michel et du boulevard Saint-Germain. Elle aurait pu attendre d'arriver au Flore. Mais le voyage, l'émotion et le froid lui avaient creusé le ventre. Elle se dit qu'elle prendrait un café au Flore. Elle commanda, en anglais, un sandwich jambon-fromage et un verre de vin rouge. Elle précisa qu'elle le voulait bien rouge. Elle dévora son sandwich en un clin d'œil, comme on dit en persan, et en français aussi, apprit-elle plus tard. Elle en commanda un autre et, cette fois, prit le temps d'apprécier le goût de la baguette française et du vin français en regardant la ville.

Le vin était délicieux, la baguette délicieuse et Paris merveilleux.

Même dans ses rêves, elle n'avait jamais fait ça : boire un verre de vin rouge à la terrasse d'un café parisien.

La réalité dépassait ses rêves.

Prendre pour la première fois un verre de vin à la terrasse d'un café, à Paris, c'était un événement majeur dans la vie de Roxane. C'était la liberté elle-même. En Iran, une telle chose était tout simplement inimaginable.

Qu'une jeune femme puisse se mettre, toute seule, à la terrasse d'un café !

Avez-vous perdu la tête ?

Et je ne parle même pas du vin ! Un péché justiciable de je ne sais combien de coups de fouet !

15

Mais Roxane avait fermement décidé de ne pas penser au passé. Elle voulait regarder vers l'avant sans jamais se retourner. Tout ce qu'elle avait laissé en arrière devrait rester en arrière. Elle ne voulait pour rien au monde gâcher la magie de cette journée avec des histoires de péché.

Une étudiante était assise à deux tables de celle de Roxane. Elle lisait un livre en prenant des notes dans un grand cahier, devant sa tasse de café. Roxane était curieuse de savoir ce que lisait cette jeune femme, absorbée dans sa lecture. Un homme surgit derrière elle, se pencha sur son épaule et lui fit un baiser dans le cou. Elle leva la tête et lui offrit ses lèvres fines, il les embrassa amoureusement. Roxane rougit et baissa les yeux. Longtemps Paris n'avait existé pour elle que dans la littérature, comme les personnages des romans. Et là, tout était comme dans un roman, Paris, la jeune femme et son amant.

Roxane regardait les passants, les voitures et les murs médiévaux de l'abbaye de Cluny.

Après ce moment délectable vint le moment redouté : payer l'addition. Elle trouva le prix exorbitant. Soixante francs ! Elle calcula, ça faisait plus de six mille tomans dans son pays. Le plaisir et la liberté n'étaient pas gratuits. La prochaine fois, elle mangerait un seul sandwich, et le café au Flore attendrait un autre jour.

Elle s'arrêta devant la fontaine de la place Saint-Michel. Des jeunes gens attendaient, ici et là, sur la place. D'autres rentraient chez eux d'un pas pressé. Ou alors ils avaient rendez-vous dans un bistro et étaient en retard. Le soir tombait et la ville était en effervescence. Elle arriva sur le quai. Notre-Dame semblait fantomatique, tout droit sortie du livre de Victor Hugo, qu'elle avait lu, jeune adolescente. Roxane marcha le long du quai. La Seine scintillait au cœur de Paris. Un bateau-mouche passait sous le Pont-Neuf. Que c'était onirique, le Paris réel.

Tout ce qu'elle avait lu de Paris dans les livres existait réellement, rien n'avait disparu. Les livres ne racontent donc pas que des histoires. Elle se souvenait de la ville en la découvrant.

Elle traversa le pont des Arts, se dirigea vers le Louvre, puis vers le Palais-Royal. Quelle merveille ! Quelle merveille ! s'exclama-t-elle au moins une dizaine de fois, ce soir-là. L'Opéra de Paris, de loin, sous sa couronne verte, paraissait une reine. Que Paris était exotique…

Elle marcha, elle marcha dans les rues et les ruelles. Elle s'était promis que si, un jour, elle venait à Paris, elle passerait la première nuit dehors, jusqu'à l'aube. Et Roxane n'était pas du genre à ne pas tenir parole. Malgré le froid hivernal, elle flâna dans Paris jusqu'au petit matin. Elle marcha et elle marcha. Elle se perdit dans les rues qui contournaient le Palais-Royal, fermé la nuit. Elle se retrouva, elle ne savait comment, devant le Louvre et le pont des Arts.

Elle ne ressentait plus le froid. Son être s'était libéré des incommodités de son corps. Cette réalité semblait si irréelle. Paris dans ses rêves était une image floue, fuyante ; insaisissable, elle n'avait pas de traits définis ; d'un rêve à l'autre,

Paris, comme la femme du poème de Verlaine, n'était ni tout à fait le même ni tout à fait un autre. Et cette nuit, Paris était encore un autre, plus beau que tous les autres.

Paris nocturne était encore plus féerique que le Paris de ses rêves.

L'ombre des grands hommes hantait le Paris nocturne. Paris était habité par ses génies, les auteurs et leurs personnages. Hugo n'était pas loin, ni Molière, Voltaire, Balzac, Zola ou Sartre... ni Annette et Jean-Christophe de Romain Rolland ; ils étaient tous là, aussi présents que Paris.

Cette nuit-là fut ponctuée de bribes de souvenirs, réels et imaginaires. Elle pensa aux longs après-midi languissants de son adolescence.

Roxane était un être passionné. Des centaines de fois, on lui avait reproché ses emportements, ses élans excessifs, son imagination débordante, sa rage de vivre, ses éclats de rire déplacés et ses larmes. Mais elle était comme ça, passionnée jusqu'à la moelle des os.

Un proverbe persan dit : « Où que tu ailles, le ciel est bleu. » Cette nuit-là, le ciel de Paris était rose ! Et Paris sous son ciel rose était fabuleusement romantique, au-delà de toute imagination. Paris ! L'amour longtemps fantasmé.

Roxane était toujours sur le pont des Arts, follement gaie, follement triste. Il lui était diablement impossible de contenir ses sentiments. Une joie fiévreuse brillait dans ses yeux. Les larmes coulaient sur son visage et sa joie avait un goût salé. Elle se trouvait dans d'étranges limbes, dans un espace-temps indescriptible où elle n'était sûre de rien, pas même de sa propre existence.

Elle pensa au grand Pacha Khân. C'était la première fois que Roxane pensait ainsi à son grand-père. Un siècle s'était écoulé entre son assassinat et la première nuit de Roxane à Paris. Elle se dit que lui aussi avait sûrement rêvé de Paris. Elle regarda Paris avec les yeux de son grand-père, qu'elle n'avait jamais vus.

S'il est bien vrai, comme le dit Schopenhauer, que « la vie est un livre lu une seule fois, il y a longtemps », cette nuit-là en fut la page la plus sublime pour Roxane.

Et cette même nuit, d'intime intuition, elle sut que c'était Paris qui l'avait fait venir jusqu'à lui. Et que Paris ferait d'elle ce qu'il voudrait.

Le spectacle de la rue Daguerre ressemblait à un carnaval pour Roxane. Une telle abondance de nourriture, de produits, de magasins : le poissonnier, le boucher, le marchand de vin, la boulangerie, les marchands de légumes, les traiteurs... les cafés, les restaurants et enfin le fromager où l'on ne vendait que du fromage ! Des dizaines, peut-être même des centaines de sortes de fromages ! – « Mon Dieu, je ne l'aurais jamais cru ! » – Elle parcourait la rue Daguerre en tous sens, entrait dans un magasin, regardait les produits, les vendeurs, les acheteurs, sortait, entrait dans un autre magasin, regardait les produits, les vendeurs, les acheteurs, ressortait et entrait dans un autre magasin...

Les gens faisaient leurs courses, s'arrêtaient dans les cafés pour boire un verre, flânaient et, des sacs plein les mains, rentraient chez eux. Roxane les observait ; une légèreté de vie émanait des Français, ils lui paraissaient étonnants, ouverts et mystérieux à la fois. Elle essayait de les cerner, mais leurs attitudes inattendues la surprenaient.

Comment peut-on être français ?

Elle remarqua, non sans étonnement, que les femmes dans la rue ressemblaient peu, pour ne pas dire pas du tout, aux photos d'actrices et de mannequins qu'elle avait vues.

La révélation se produisit au supermarché et précisément au Monoprix qui se situe au coin de la rue Daguerre. C'est là que Roxane atteignit le point culminant de son ahurissement. Le supermarché était... était un autre monde... enfin, il n'était sûrement pas du tiers-monde. Ce lieu lui fit ressentir, comme elle n'avait jamais rien ressenti de cette façon-là, ce qu'était la vérité de son existence ! Au Monoprix de l'avenue du Général-Leclerc, elle éprouva, pour la première fois de sa vie, ce sentiment intime et irréfutable : elle était du tiers-monde, elle venait du tiers-monde. Depuis le temps qu'on en parlait, de ce tiers-monde...

Devant tant de produits en tous genres, son imagination était à court d'haleine. Des allées interminables de marchandises : depuis les viandes, volailles, charcuteries, poissons de toutes sortes, frais, emballés, congelés, cuisinés... jusqu'aux produits de parapharmacie, parfumerie, droguerie, papeterie, crémerie... en passant par les desserts, confitures, fruits, fromages, yogourts, champagnes, vins, bières et sirops... Des rayons entiers couverts de biscuits, de chocolats – c'est si chic les chocolats ! –, de bonbons, de friandises salées, sucrées... aux mille et un emballages... Des rayons d'aliments pour les bébés, pour les enfants, pour les chats et les chiens – ils en avaient de la chance, les chats et les chiens en France... Des produits dont elle ne savait même pas quel pouvait être l'usage. Des rayons et des rayons, des allées et des allées... interminables... interminables...

Ce jour-là, le terme de tiers-monde se concrétisa sous ses yeux comme une vérité mathématique. Roxane fit sa théorie, une première esquisse tout au moins :

— Le terme tiers-monde s'applique à ces pays où, dans le meilleur des cas, deux épiceries et parfois une seule, chez qui manquent souvent les produits les plus élémentaires, subviennent aux besoins de la population de tout un quartier. Et une personne du tiers-monde est une personne qui, sous l'effet d'un vertige inattendu, perd la consistance même de son être la première fois qu'elle franchit la porte d'un supermarché.

Le tiers-monde et l'Occident civilisé se distinguaient définitivement l'un de l'autre par les « Super-Marchés ». Plus tard elle comprit que bien d'autres choses séparaient ces deux mondes, mais pour le moment le supermarché était un élément à ne pas négliger.

Avec le temps, l'accoutumance se substitua au vertige. Mais un fond de malaise subsista : le mal des grands magasins. Plus tard aussi, elle apprit que les Iraniens qui habitaient en Europe ou aux États-Unis, quand ils recevaient des proches venus d'Iran, les emmenaient d'emblée, certains même directement de l'aéroport, dans un supermarché pour les impressionner. Le résultat était garanti à cent pour cent.

Ses courses, elle les faisait là où tout coûtait moins cher, chez Ed. Elle regardait attentivement les étiquettes, comparait les prix et choisissait les moins chers des moins chers. Elle n'achetait que le strict nécessaire. Elle n'avait pas l'âme d'un consommateur, ni l'argent qui va avec.

Elle adorait la baguette, les grandes tartines de beurre salé. Elle en mangeait tous les jours au petit déjeuner, tout son soûl. Comme breuvage, le thé, le lait, le café et l'eau du robinet. Et elle s'offrait de temps à autre de la bière ou du vin.

Elle passa la première semaine à se promener dans Paris. Roxane n'avait jamais vu de métro dans sa vie. Elle savait que le métro sillonnait Paris et elle l'avait toujours imaginé comme une sorte de tramway ou comme un train aérien d'où elle pourrait mieux observer la ville. Bien que les gens descendissent les escaliers pour prendre le métro, l'idée qu'il puisse être souterrain ne lui était pas venue à l'esprit ! Elle descendit les escaliers et entra dans le métro à Denfert-Rochereau. Elle remarqua que Paris avait disparu ! Elle attendit sur le quai. La raideur et l'air sévère des usagers la frappèrent. Le métro arriva. Elle monta non sans appréhension dans un wagon éclairé par une lumière blafarde. Les portes se refermèrent et le métro s'engouffra dans le couloir noir.

Personne ne regardait personne. Même assis face à face, les gens dérobaient leur regard. Comment peut-on maîtriser son regard au point de ne jamais croiser celui d'un autre ? Certains lisaient. Mais les autres, comment faisaient-ils ?

Décidément, le métro n'avait rien à voir avec tout ce qu'elle avait imaginé. Claustrophobe, elle descendit à la station Raspail. Elle était à nouveau dehors, sous le ciel de Paris.

— C'est donc ça le métro !

Elle se convertit au bus.

Elle traversa Paris du nord au sud, d'ouest en est. Elle choisissait chaque jour un bus différent. Elle adora l'itinéraire du bus 24, qui longeait la Seine, le 80, qui passait par l'École militaire et le pont de l'Alma, le 95, qui passait devant le majestueux musée du Louvre... Elle se mettait devant, debout à côté du conducteur, pour mieux voir. Elle s'abandonna au plaisir de la découverte. Tout lui plaisait, lui faisait signe. Sans doute sa joie intérieure était-elle contagieuse car elle ne voyait autour d'elle que des visages aimables, gais et bienveillants.

À Montmartre, à Montparnasse, à Saint-Germain-des-Prés, à Odéon, dans le Marais, à la Bastille, dans le quartier Montorgueil, à l'Opéra ou aux Champs-Élysées, elle s'étonnait de découvrir que le centre de Paris, même la nuit, était partout.

Elle s'émerveilla aussi devant l'abondance des cafés, des bistros, des restaurants, toujours pleins de monde et toujours si gais. Elle avait le sentiment que, toute solitaire qu'elle fût, elle aurait pu se glisser dans l'un de ces cafés ou de ces bistros dont les lumières l'attiraient. Elle était séduite par les conversations animées dont elle ne comprenait pas un mot, par la liberté des attitudes, des gestes des garçons et des filles, enfin par cette joie de vivre qui lui semblait le lot commun des Parisiens : entrer dans un café à sa guise, rejoindre ses amis, leur faire la bise, poser ses affaires sur une table, déboutonner son manteau, se laisser tomber sur une banquette ou sur une chaise, bavarder de tout et de rien, déguster un verre de vin. Elle se dit qu'elle serait une vraie Parisienne le jour où elle aussi retrouverait de temps en temps ses amis dans son bistro habituel et serait accueillie par le garçon qui la saluerait d'un air entendu.

Puisque Paris lui souriait, la vie entière n'allait pas tarder à lui sourire.

Roxane se fit rapidement sa géographie de Paris. Il lui arrivait de décider en fonction de son humeur du moment dans quelle direction et vers quel type de spectacle la conduiraient ses pas. Elle ne cessait d'accroître son patrimoine. Elle s'égara du côté de la rue Mouffetard et de la place de la Contrescarpe, dans les rues solitaires de Montmartre, du côté du Marais et de la place des Vosges ; elle visita la maison de Victor Hugo, découvrit des petits jardins cachés, débarqua un jour timidement à Pigalle et rebroussa vite chemin, un peu effarouchée.

Ses pas la ramenaient souvent sur les bords de la Seine. Elle avait déjà vu quelques cartes postales de Paris, avec sa succession de monuments historiques et de ponts enjambant élégamment le fleuve, mais la réalité était plus ensorcelante. En plein jour, comme au bord de la mer, le paysage variait avec le temps, le mouvement des nuages et les caprices du soleil ; la pierre, l'ardoise, les murs blanchis, les ponts de pierre ou de métal, l'or des toitures et des statues, les reflets de la ville dans la Seine changeaient incessamment. Au Luxembourg, aux Tuileries, au Champ-de-Mars, au Palais-Royal, aux Invalides elle admira l'ordonnancement des jardins « à la française » d'où l'on ne perdait jamais Paris de vue. Chaque soir, elle s'étonnait que Paris redevînt, littéralement, la ville lumière et que, comme de grands fantômes impassibles, ses palais et ses églises surgissent de l'ombre sous le ciel rosi par une mystérieuse alchimie. Il ne semblait pas y avoir à cette étrange fête nocturne d'autre raison que le plaisir des yeux et l'amour de Paris.

Paris était le palais de la République, le palais de tous.

Pendant des années, son Paris imaginaire n'avait existé qu'au fond d'elle-même, caché tel un trésor dans un écrin dont elle seule détenait la clé. Alors que le Paris réel se donnait à tous.

Certaines choses semblent aller de soi. Pour Roxane, Paris était toujours « là-bas ». Ce « là-bas » lointain, inaccessible, inatteignable. Là-bas était la promesse de vie, là-bas où la beauté, l'intelligence, l'amour, la connaissance, la peinture, l'écriture, la culture s'épanouissaient. Là-bas, où avaient vécu de grands hommes. Là-bas, où l'on célébrait la liberté. Là-bas, où elle ne serait peut-être jamais. Pour Roxane, qui avait rêvé des années de cette contrée magique, qui pour y arriver avait attendu des années et traversé des frontières à pied, ça n'allait pas de soi qu'il y eût des gens qui vivaient depuis toujours à Paris, des gens qui étaient nés à Paris. Une évidence si évidente était l'étrangeté la plus étrange qui fût pour Roxane.

Comment peut-on naître à Paris ?

Chose étrange : pendant une semaine de flânerie dans Paris, de promenades nocturnes, d'heures passées aux terrasses des cafés, Roxane ne fut accostée, importunée, harcelée par aucun homme !

Dans son pays, ensevelie sous l'uniforme taillé par le gouvernement (long manteau et voile, en hiver comme en été), marchant tête baissée et d'un pas rapide, elle n'aurait pas fait cinquante mètres sans qu'un homme lui soufflât par-derrière des propos lubriques du genre : je t'emmène ma belle ? On fait un tour ensemble ? Viens, que je te montre la vie ! Je t'ai vue à peine et tu m'excites déjà...

Ce fut un plaisir indicible pour Roxane que de découvrir le bonheur de la flânerie. Se promener dans les rues était une chose qu'elle ne connaissait pas. Elle ressentait dans son cœur la haine des dogmes qui pendant ses années d'adolescence et de jeunesse lui avaient dérobé le droit à la vie, le droit à la liberté, le droit au plaisir.

Qu'une fille arpente les rues, ça n'existe pas en Iran. Une fille, quand elle sort, si jamais elle sort, marche la tête baissée et « va tout droit et revient tout droit », comme on dit en persan. Elle va directement d'un lieu à un autre sans faire de détours. Et même comme ça, elle menace les règles de la morale.

Un rien ébranle la morale islamique.

Au pays des mollahs, les regards des hommes s'accrochent à vous, vous pénètrent, malgré le manteau et le voile, comme des rayons x, jusqu'à l'os. Méticuleux, ils vous auscultent, vous dépouillent. D'un seul regard, les hommes savent la taille de votre poitrine, sa forme, sa profondeur, la forme de vos hanches, de votre bassin, et même celle de votre pubis.

C'est ça le regard persan, le regard perçant.

À Paris, Roxane n'en croyait pas ses yeux. Toute la journée, elle flânait dans les rues et les ruelles, elle marchait la tête haute, la tête levée pour regarder les immeubles. Elle s'arrêtait devant les monuments, revenait sur ses pas, s'asseyait sur un banc, reprenait son chemin. Et aucun homme ne lui soufflait : viens, que je te montre la vie…

Comment peut-on être parisien ?

Il y a des matinées, rares, dotées d'un pouvoir divinatoire. Dès l'aube, l'univers est en accord avec lui-même. Les lois physiques, mathématiques, astronomiques, géologiques, chimiques, biologiques, écologiques, météorologiques et que sais-je encore, sont en parfaite harmonie. Rien ne perturbe la tranquillité de l'univers et le destin écrit de toute éternité.

Ce matin-là, Roxane était déjà debout à cinq heures. Une anxiété palpable avait fait les cent pas dans sa chambre, rôdé autour d'elle toute la nuit. Ballottée entre l'espoir et le désespoir qui déferlaient sur elle comme des vagues blanches d'écume, elle n'avait pas fermé l'œil. En contemplation devant sa lucarne, habillée, peignée, elle attendait le lever du jour.

Une heure s'écoula, puis deux, dans un silence religieux. Il était maintenant sept heures trente. Elle sortit de sa chambre, une serviette à la main, ferma la porte à clé, descendit les escaliers, remonta la rue Daguerre, traversa l'avenue du Général-Leclerc et attendit le bus, le numéro 38. Direction Gare du Nord.

Deux semaines s'étaient écoulées depuis sa première matinée à Paris.

Elle attendit à l'arrêt. Le premier bus passa, puis le deuxième. Elle ne monta que dans le troisième, sans savoir pourquoi. Aucune pensée cohérente ne traversait son esprit. Une angoisse infinie l'habitait, envahissait jusqu'à la plus minuscule de ses cellules et paralysait ses sens. Tout ce qui dans Paris frappait son regard tremblait d'angoisse. Même les rayons du soleil, éclatants en ce matin d'hiver, frémissaient d'angoisse dans les yeux de Roxane.

Elle était devant la préfecture de police. Elle ne pouvait imaginer quelle serait l'issue de cette journée. L'angoisse enflait dans ses veines, tels les courants arrivant aux chutes du Niagara. Elle crut s'évanouir. Ses genoux vacillaient.

Roxane attendit que la préfecture de police ouvre ses portes, que la personne qui devait lui servir de traducteur arrive.

Et s'il ne venait pas ? Et si la préfecture pour une raison ou pour une autre n'ouvrait pas ? Elle vérifia pour la énième fois qu'elle avait bien tous ses papiers et tous ses documents. Elle attendit plus d'une heure, droite comme un i, serrant sa serviette à deux mains contre son ventre. Enfin la préfecture de police ouvrit ses portes et son traducteur arriva. Un homme d'une cinquantaine d'années avec des cheveux blancs et quelque embonpoint. Il était traducteur assermenté et chauffeur de taxi. Il était venu en France après la révolution et s'était spécialisé dans les affaires de carte de séjour.

Ils franchirent la porte et le contrôle de police. De l'escalier A aux escaliers B, C, D, E, F, de la petite courette à la grande cour, Roxane ne savait combien de fois ils avaient fait le tour. Elle suivait résolument son traducteur d'un bureau à l'autre, tout en écoutant ses commentaires en persan. Il disait que la chose la plus importante était de réussir à gagner la sympathie de l'inspecteur, que tout dépendrait de sa bonne ou de sa mauvaise humeur, de son caractère, de ses penchants politiques, que, depuis tout le temps qu'il faisait le traducteur pour les demandeurs d'asile iraniens, il n'avait jamais compris pourquoi, avec des dossiers identiques, une personne obtenait la carte de séjour alors qu'une autre courait après pendant des années ; bref, malgré les lois et les dossiers en béton, il fallait surtout avoir de la chance, beaucoup de chance, selon le traducteur de Roxane.

Après avoir rassemblé les papiers et rempli les formulaires, après avoir signé au bas de documents dont elle ne comprenait pas un traître mot, après être allée faire une photo au Photomaton, elle attendait le moment décisif sur une chaise de couleur rouge ; trop rouge, pensat-elle, pour de telles circonstances. Elle regarda sa tête de demandeur d'asile sur la photo d'identité et la compara avec celle d'autres demandeurs d'asile assis à côté d'elle : sous les regards sombres et craintifs, une lueur d'espoir se devinait. Ils étaient habités, tous, par la même angoisse.

D'où elle était, Roxane apercevait une inspectrice, d'à peu près une quarantaine d'années, qui examinait le dossier d'une jeune femme africaine. De temps à autre, l'inspectrice levait la tête. Elle avait un visage d'un ovale parfait, des cheveux châtains coupés court, un air serein et une peau mate à peine bronzée. Elle discutait avec la jeune femme africaine qui était francophone et n'avait pas de traducteur.

Pourvu que ce soit elle qui me reçoive, pensa Roxane. Quelques secondes plus tard, l'image de l'inspectrice s'estompa, tout s'estompa, la pièce tourna au-dessus de sa tête et puis plus rien. Plus d'images, plus de couleurs, plus de sons. Ce monde français et francophone auquel elle ne comprenait rien disparut.

Les moments d'agitation dans les différents bureaux de la préfecture de police et la longue attente matinale qui les avait précédés avaient transformé l'angoisse de Roxane en une sorte d'atonie. En cet instant, elle était au-delà de toute angoisse. L'eût-on guillotinée au beau milieu de la Conciergerie, elle n'aurait rien senti. Ses neurones étaient hors service, comme parfois les distributeurs automatiques. Aucune information ne circulait plus. Elle était toujours assise sur la chaise rouge. Quelques dizaines de minutes s'écoulèrent.

Elle se leva d'un bond, sur un coup de coude de son traducteur. C'était son tour à elle. Devant l'inspectrice aux cheveux châtains, il y avait maintenant un homme. Elle traversa la salle avec son traducteur, ils s'assirent devant un bureau derrière lequel une autre inspectrice les attendait. Cette autre inspectrice ne ressemblait pas à la première.

En voyant sa tête blonde, Roxane se dit que tout était foutu.

Le traducteur posa les documents un par un devant l'inspectrice et lui expliqua la situation de Roxane. À la fin il précisa qu'elle s'était inscrite à l'Alliance française pour apprendre le français, et il posa le justificatif sur la table. Pendant qu'il parlait, le regard magnifiquement bleu de l'inspectrice et le regard noir de Roxane se croisèrent deux fois. Une beauté idyllique émanait de cette femme. Elle était habillée d'une veste bleue qui rendait encore plus étincelant le bleu de ses yeux. Elle se mit à examiner le dossier, visage sévère. Roxane l'observait.

— Comment une femme si blonde, avec des yeux si bleus, pourrait-elle s'identifier à ma situation ? se demanda-t-elle.

Souffle retenu, elle attendait le verdict. Après un long silence, l'inspectrice leva la tête, échangea quelques phrases avec le traducteur et sourit à Roxane.

Elle répondit au sourire qui brillait dans les yeux bleus de la dame blonde. Quelques secondes plus tard, celle-ci tendit un papier à Roxane pour qu'elle le signe. C'était le récépissé de sa future carte de séjour.

Roxane n'en revenait pas, son traducteur non plus. Le miracle avait eu lieu.

Le ciel bleu et les yeux bleus de l'inspectrice étaient en parfaite harmonie, sous les rayons du soleil de ce matin d'hiver.

Qui sait si un destin ne peut être engendré par un regard étranger, un regard bleu. Immensément bleu !

Roxane aima à jamais les dames blondes aux yeux bleus.

En sortant de la préfecture, Roxane invita son traducteur à prendre un café. Il était ahuri, les mots persans se précipitaient dans sa bouche.

— Alors ça, je n'avais jamais vu une chose pareille : vous avez eu votre carte de séjour en un clin d'œil, facile « comme boire de l'eau », je n'en reviens pas. Je connais des gens qui ont un dossier dix fois plus costaud que le vôtre et qui courent depuis plusieurs années derrière une carte de séjour. Et vous, comme ça (il claqua des doigts), vous l'avez eue instantanément. Alors pour un miracle, c'est un miracle. Vous avez ensorcelé l'inspectrice ou quoi ?

Elle n'entendait plus la voix du traducteur. Elle était dans un état de décompression où toute attention s'évanouissait. Elle était ailleurs, quelque part dans les rayons du soleil qui caressaient les façades des immeubles.

Surpris par la tranquillité de Roxane, il poursuivit :
— Je ne sais pas si vous comprenez ce que ça représente ? Savez-vous à quel point c'est diffi-

cile d'avoir une carte de séjour en France, surtout pour nous, les Iraniens ?... Vous avez votre récépissé en poche et vous prenez un café dans un bistro à Paris, mais vous vous rendez compte qu'il y a des centaines de millions de gens dans le monde entier qui voudraient être à votre place ?...

Quand le traducteur eut terminé, elle le remercia et lui donna la somme qu'elle lui devait. Ils se quittèrent et ne se revirent plus jamais.

Elle rentra chez elle à pied. Elle fit un tour dans le jardin de Notre-Dame, traversa, sans presser le pas, le Luxembourg et les jardins de l'Observatoire.

Il ne restait plus à Roxane qu'à apprendre le français, trouver un travail et des amis, faire des études et construire une vie.

Elle n'avait besoin que de quelques miracles de plus.

Dans les escaliers, elle croisa un jeune Asiatique. Ils se dirent bonjour. L'homme s'arrêta, s'effaça pour la laisser passer. Elle leva les yeux et le remercia d'un sourire. Elle le trouva très beau. L'homme descendit les escaliers et elle monta dans sa chambre.

— Je m'appelle Roxane, et toi ?
— J'ai vingt-cinq ans, et toi ?
— Je suis iranienne, et toi ?
— J'habite Paris, et toi ?

— Je m'appelle Anna, et toi ?
— J'ai dix-neuf ans, et toi ?
— Je suis allemande, et toi ?
— J'habite Paris, et toi ?

— Je m'appelle Yasunari, et toi ?
— J'ai trente ans, et toi ?
— Je suis japonais, et toi ?
— J'habite Paris, et toi ?

Ce furent les premières phrases que Roxane apprit le premier jour à l'Alliance française. Dans la classe, il y avait des Américains, des Allemands, des Scandinaves, des Asiatiques… Seule Roxane était iranienne. Se trouver dans un tel microcosme était une nouveauté excitante. Les élèves échangèrent ces quatre phrases et firent connaissance.

Que tout paraissait simple !

En remontant le boulevard Raspail vers Denfert-Rochereau, elle répéta ces phrases toutes fraîches avec une joie puérile et un plaisir charnel. C'était comme un jeu. Elle avait appris quelques mots épars, mais ne savait pas encore construire des phrases. Dans sa chambre, elle les copia plusieurs fois sur son cahier. Le français s'écrivait difficilement, trouva-t-elle. Ces verbes – s'appeler, avoir, être, habiter –, quelque élémentaires qu'ils fussent, étaient le signe d'un premier contact avec le nouveau monde.

La nuit, dans son lit, avant de s'endormir, elle répéta ces quatre phrases, comme on psalmodie une prière. Elle s'endormit au bout de la septième fois, juste au milieu de la troisième phrase, qu'elle aimait moins. Je suis ira…, le sommeil l'emporta.

Roxane allait chaque matin à l'Alliance française. Elle trouva bientôt que le cours n'avançait pas assez rapidement pour le prix qu'il lui avait coûté. Mille trois cents francs pour une heure et demie de cours par jour pendant un seul mois, c'était très cher pour elle. Chaque nouvelle phrase était répétée par chaque élève. À ce rythme-là, ça revenait à cent francs la phrase. Elle n'avait pas le dollar américain, le mark allemand ou le yen japonais dans ses poches. Elle n'avait que le pauvre toman iranien et il en fallait des tonnes, de billets de mille tomans, pour pouvoir vivre, au prix de la vie en France.

Apprendre le français, et vite, était une nécessité pour Roxane. Elle n'avait d'économies que pour deux mois. Il lui fallait gagner sa vie et sans langue elle ne pouvait rien faire. Ce n'était pas avec quatre phrases par jour qu'elle pourrait parler et trouver du travail au bout de deux mois. Alors elle se mit à avancer toute seule, plus vite que la classe.

Les deux premières semaines se passèrent sans incident. La troisième s'annonça plus problématique. Ce n'était pas un problème de langue, mais quelque chose de plus grave et de plus profond allait faire surface. Le passé n'allait pas tarder à envahir le présent.

— As-tu des frères et des sœurs ?

— Non.

— As-tu des frères et des sœurs ?

— Oui, j'ai une sœur et j'ai un frère.

— As-tu des frères et des sœurs ?

— J'ai un frère, je n'ai pas de sœur.

Ces phrases innocentes circulaient entre les élèves. L'angoisse serra le cœur de Roxane.

— As-tu des frères et des sœurs ?

Roxane, hébétée, regardait son interlocutrice, une fille islandaise, Ingrid, aussi blonde que Roxane était brune.

— As-tu des frères et des sœurs ? répéta Ingrid.

Pas de réponse.

La professeur intervint.

— Comprends-tu la question ?

Blême, Roxane restait sans voix.

Et comment qu'elle la comprenait, la question ! S'il y avait une question au monde qu'elle était capable de comprendre, c'était bien celle-là. La question qui l'avait marquée à jamais.

La professeur reprit en articulant lentement :

— Moi, j'ai une sœur et deux frères, et toi ? As-tu des frères et des sœurs ?

Roxane se leva de sa chaise, comme le font les élèves dans les classes primaires dès qu'ils sont interpellés par leur institutrice.

La prof, étonnée, fixa Roxane.

— Alors ?

Une voix sortit du fond de la gorge de Roxane.

— Quatre.

— Quatre quoi ?

Plus personne dans la classe ne répétait les phrases. Tout le monde la regardait, elle qui d'habitude parlait mieux que les autres semblait soudain incapable de répondre à une question aussi simple.

— Alors, tu as quatre frères et sœurs, c'est ça ?

— Oui !

— Alors, dis-le.

— Quatre, répéta seulement Roxane.

— Allez, vas-y, s'impatienta la prof, ne comprenant rien à cette attitude quasi autiste.

Roxane prit conscience que les élèves s'étaient interrompus et la regardaient. Elle passa par toutes les couleurs et s'assit.

— Mais tu fais attendre tout le monde ! Qu'est-ce qui se passe, tu ne te sens pas bien ?

Il n'y avait pas moyen d'y échapper.

— J'ai quatre frères et sœurs, dit enfin Roxane.

— Voilà ! Ce n'était pas si difficile. Allez, reprenons ; à toi Max…

— As-tu des frères et des sœurs ?

— Non.

Enfant, Roxane s'aidait de ses doigts pour énumérer la liste de ses frères et de ses sœurs ; elle faisait plusieurs fois le tour de ses dix doigts et elle n'arrivait jamais au bout. Elle ne se souvenait jamais du nom de tous ses frères et sœurs. Elle avait des frères et des sœurs qu'elle croyait ses oncles et ses tantes. Elle avait des nièces et des neveux plus âgés qu'elle, et elle les croyait ses frères et ses sœurs. Personne n'avait jamais pris le temps d'expliquer à cette enfant qui était qui dans cette famille. Et tout le monde trouvait amusant qu'elle s'y perdît ainsi.

Téhéran. Cours préparatoire.

— Combien de frères et de sœurs as-tu ? demande l'institutrice.

Roxane se lève et se met à énumérer les noms de ses frères et sœurs en s'aidant de ses doigts, comme elle l'a toujours fait. Elle commence le deuxième tour de ses dix doigts, lorsque sa voix se perd sous l'éclat de rire général de la classe. Ohhhhhhhh… !

— Allez, allez, calmez-vous. Calmez-vous. Silence !

Roxane est debout, ses doigts figés.

— Mais combien de frères et de sœurs as-tu exactement ? demande sévèrement l'institutrice.

Justement, « exactement » elle n'en savait rien ; elle connaissait le nom de ceux et de celles dont elle se souvenait. Et d'habitude, ça semblait juste drôle dans sa famille, et ça ne déclenchait pas une telle avalanche de moqueries.

— Alors ? insiste l'institutrice.

Roxane reste debout, bouche cousue.

L'institutrice, en s'approchant de Roxane, agacée, reprend.

— Tu comprends bien la question, non ? Combien de frères et de sœurs as-tu exactement ?

Elle ne dit mot.

Qu'est-ce que l'exactitude vient faire dans cette histoire ? À peu près ça suffit largement, non ?

L'institutrice, un instant, se demande si elle ne souffre pas de carence mentale. Mais lorsque Roxane, sans sortir de son mutisme obstiné, lui plante son regard noir dans les yeux, elle comprend qu'elle est loin d'être une attardée.

La classe éclate à nouveau de rire.

— Ohhhhhh... ! Elle ne sait pas combien de frères et sœurs elle a !

Le tohu-bohu règne dans la classe et dans la tête de Roxane.

— Arrêtez, calmez-vous, silence ! J'ai dit, silence ! Et toi, assieds-toi, tu diras à ta mère de venir demain. Silence !

À l'école, c'était l'usage, au début de l'année, de remplir un formulaire. Nom du père, de la mère, leur profession... nom et âge des frères et sœurs. Pendant ses années d'école, aucun formulaire n'a jamais eu assez de cases pour contenir les noms de tous les frères et sœurs de Roxane. Elle comptait d'abord le nombre de cases, puis choisissait, parmi ses frères et sœurs, ceux qu'elle aimait le plus, avant de remplir toutes les cases jusqu'à la dernière ; chaque année, la maîtresse s'exclamait :

— Quelle famille nombreuse !

Et Roxane souriait.

Ainsi le nombre de frères et sœurs de Roxane resta à tout jamais inconnu.

En rentrant chez elle, sur le boulevard Raspail, elle ne cessait de se blâmer, les questions se précipitaient : pourquoi un tel mensonge, pourquoi quatre ? Pourquoi pas deux, trois, cinq… ? Elle ne trouva aucune réponse. Le chiffre quatre était sorti de sa bouche malgré elle. Une sourde inquiétude murmurait en elle.

— Qu'est-ce que c'est que cette question ? Il doit y avoir d'autres méthodes pour enseigner une langue quand même…

Elle sut qu'elle allait bientôt interrompre les cours à l'Alliance française. Le mois suivant, elle ne se réinscrivit pas. Elle décida de continuer toute seule pendant quelques mois, puis d'aller au cours de civilisation française à la Sorbonne.

Le bonheur ingénu que Roxane avait connu à Paris allait se dissiper. Un nouveau monde foisonnait, extraordinairement, sans mots, dans le chaos. Elle allumait la radio toute la journée pour habituer ses oreilles au français. Les voix, les thèmes, les programmes, les publicités se succédaient sans qu'elle s'en aperçût. Le français lui paraissait imprononçable. Les liaisons entre les mots faisaient qu'elle ne distinguait ni où ni quand un mot commençait ou se terminait ; elle ne pouvait saisir la prononciation d'aucun d'entre eux. La sonorité de la langue était sibylline. Le français était du chinois pour elle.

L'apprentissage purement académique et linguistique du français ennuyait Roxane. Elle voulait apprendre la langue dans le texte, dans son contexte. Elle voulait lire les grandes œuvres, les grands auteurs et tout de suite. Seulement pour lire, encore fallait-il savoir lire. Elle alla à la bibliothèque du quartier. Une bibliothécaire lui proposa de commencer par quelques romans en version simplifiée pour les étrangers. Elle lui donna *La Symphonie pastorale* d'André Gide, et ce fut le premier livre que Roxane lut en français.

Elle se mit à lire ainsi des romans. Elle travaillait assidûment. Elle cherchait les mots, un par un, dans son dictionnaire français-persan. Chaque mot était une épreuve et chaque verbe un défi. Les formes conjuguées des verbes (allons, été, sachez, tinrent…) ne se trouvaient pas dans le dictionnaire et Roxane ne connaissait pas encore la conjugaison. Elle s'acheta le Bescherelle, la conjugaison de douze milles verbes. Douze mille cauchemars.

Les nouveaux mots, il fallait les apprendre, les mémoriser, les acquérir. Il fallait apprivoiser les mots étrangers, les mots étranges. Il fallait se plier aux règles intransigeantes de la grammaire. Mémoriser les conjugaisons...

Elle travaillait des heures et des heures, copiait les mots et leurs significations dans son cahier, ainsi que les verbes et leur conjugaison aux différents temps, le présent, l'imparfait, le plus-que-parfait, le passé simple, le passé composé, le subjonctif présent et le futur, surtout le futur, ce temps qui lui tenait à cœur. Les temps les plus sophistiqués, elle les mettait de côté pour plus tard. Son écriture maladroite et artificielle ne ressemblait à rien, on aurait dit une analphabète qui s'applique à écrire. Chaque nuit, avant de s'endormir, elle relisait les nouveaux mots et leurs significations, répétait les conjugaisons. Et chaque matin, tout était oublié.

— Suis-je devenue amnésique ? C'est le passé que je veux oublier, pas les nouveaux mots.

Furieuse, impatiente, elle répétait les mots, chantonnait les verbes et leur conjugaison en arpentant sa chambre.

Arpenter c'était trop dire.

— Qu'est-ce que cette chambre est petite ! On fait un pas et l'on rentre dans le mur.

Dans ses rêves, pendant les longs après-midi de son adolescence, la chambre de bonne était beaucoup plus grande et beaucoup plus confortable. Elle avait rêvé pendant des années de vivre un jour dans une chambre de bonne à Paris. Et elle découvrit que pour préserver la magie d'un rêve il faut se garder de le réaliser.

Du matin au soir, elle lisait, cherchait les mots dans le dictionnaire, les copiait dans son cahier et répétait les verbes. Les mots sortaient de sa bouche déformés.

Qu'est-ce qu'elle avait à s'acharner ainsi sur les mots étrangers qu'elle ne connaissait pas et qui ne la connaissaient pas ? Les écorcher, c'était une drôle de façon de faire connaissance. Les mots avaient besoin de douceur, de temps, de vécu, d'expérience, d'attention, d'humilité ; ce n'était pas en les psalmodiant comme une abrutie qu'on pouvait les apprivoiser. Mais Roxane ne voulait rien entendre, elle voulait apprendre, et vite.

Pendant ses promenades, elle prenait son cahier et, en marchant, répétait les mots et leurs significations, chantonnait les verbes et leur conjugaison. On aurait dit une possédée en train de marmonner une prière pour éloigner on ne sait quel danger. Des passants la prenaient pour une dérangée qui se parlait toute seule. Ah, si seulement elle arrivait à parler, si la parole lui venait en français, elle se moquerait bien de ce que les gens pouvaient penser.

Le problème, c'était la pratique. Roxane n'avait personne à qui parler en français. Dans cette ville, il était impossible de nouer des liens avec les gens, impossible de comprendre qui était qui, qui disait quoi et qui faisait quoi. Pour échanger une phrase digne de ce nom avec un Parisien ou une Parisienne, il aurait fallu attendre des mois, voire des années. Vous pouviez vivre à Paris pendant des années sans avoir jamais l'occasion de parler à qui que ce fût, sauf à votre concierge, et pour ça encore fallait-il en avoir une. L'immeuble de Roxane n'avait pas de concierge. Alors, comment faire pour parler ? Les seuls bouts de phrase qu'elle avait l'occasion de prononcer, c'était : bonjour, bonsoir, une baguette s'il vous plaît, merci beaucoup, au revoir. À la boulangerie, comme au supermarché, il y avait toujours du monde qui attendait à la caisse, il valait mieux ne pas retarder la vendeuse ou la caissière.

Les bonnes manières civilisées font que les gens, dans cette ville, ne se parlent pas, ne se regardent pas. Vous pouvez rester immobile toute une journée, au pied d'un réverbère, personne ne daignera vous jeter un regard. On dirait des robots bien élevés. Parler tout à trac, dans la rue, avec les gens ne serait jamais venu à l'idée de quiconque, pas même de Roxane.

N'ayant personne à qui parler, elle se mit à se parler toute seule.

Sans s'en rendre compte, elle commença à se tutoyer, à se dédoubler. La première personne, « je », fut la Roxane persanophone, la deuxième personne, « tu », fut la Roxane apprentie francophone et il y eut aussi la troisième Roxane, la Roxane arbitre, celle qui reprochait sans cesse à la Roxane persanophone son inaptitude à être la Roxane francophone. La Roxane arbitre devint « madame l'agent de la langue », la préposée à l'insécurité linguistique ; il était impossible d'échapper à sa vigilance sourcilleuse. Pire que n'importe quel surmoi, elle punissait la moindre faute, frappait à coups de matraque la mémoire défaillante de Roxane. Les fautes de Roxane étaient impardonnables, comme le sont les péchés capitaux. Elle allait les payer très cher, et toute sa vie.

Entre chaque chose et son nom, il y avait une distance à parcourir, un espace qu'il fallait réduire jusqu'à l'effacement, pour que le mot se pose sur la chose, pour que le mot dise la chose. Entre chaque chose et son nom s'interposait le nom d'origine, le mot persan. Il fallait réapprendre à nommer les choses avec des mots sibyllins.

Elle mit au point une méthode empirique. Elle posait l'objet, par exemple la chaise, dans un coin de sa chambre et, en le fixant avec une concentration religieuse, elle répétait le mot « chaise, chaise, chaise », tout en s'en approchant à petits pas, afin de le baptiser. La méthode ne se révéla pas très efficace, d'autant plus que la chambre de Roxane était trop petite. La chaise restait obstinément « sandali », « chaise » en persan.

Une nuit, elle fit un cauchemar. La chaise, la petite table, le frigo, le lavabo et le lit sur lequel elle dormait, monstrueusement agrandis, s'étaient mis à lui courir après. Sur chacun d'eux était gravé leur nom persan : *sandali*, au lieu de la chaise, *mize*, au lieu de la table… Elle se trouvait dans une impasse étroite et les objets se précipitaient sur elle, comme dans un dessin animé.

Elle allait être écrasée sous *yaxcâl*, le frigo, lorsqu'elle sursauta et se réveilla en sueur. Elle alluma la lumière, les objets étaient sagement à leur place.

— Avoir un frigo pour cercueil doit être rafraîchissant, pensa-t-elle.

Elle renonça à baptiser les objets.

Roxane ne connaissait personne à Paris. Le seul Iranien qu'elle avait rencontré, c'était l'homme dont le métier était, entre autres, de s'occuper des Iraniens qui débarquaient à Paris, le copain des copains de copains qui lui avait servi de traducteur et lui avait trouvé sa chambre de bonne. Entre l'aide éventuelle de la communauté iranienne, qui n'irait pas sans l'exercice d'un certain droit de regard, sorte de protectorat – on n'a rien sans rien –, et la solitude, Roxane opta pour la solitude.

Elle avait besoin d'un travail et de toute urgence. Faute d'imagination, de langue et de moyens, elle se pointa un jour au McDonald's en face de la rue Daguerre.

— Je cherche travail, j'habite en face de vous, dans rue Daguerre.

Elle ne connaissait vraiment pas les manières.

— Vous êtes de quelle nationalité ?

— Je suis iranienne.

— Ah !

— Vous avez le permis de travail ?

— Oui.

— Vous avez un cv ?

— Oui, répondit-elle sans savoir ce que c'était qu'un cv.

— Apportez-le-moi. Je vous appellerai quand on aura besoin de quelqu'un.

— Oui.

— Remplissez ce formulaire.

— Oui.

Elle répondit aux questions ; heureusement, elles ne mentionnaient pas le nombre de frères et sœurs.

Une semaine plus tard, et sans cv, Roxane fut embauchée chez McDonald's. Elle fut nommée chef des frites. Comme avec les frites les sujets de conversation sont extrêmement rares, pour ne pas dire inexistants, ses incapacités linguistiques ne posaient aucun problème. Muette, elle aurait été encore plus adaptée à cette fonction. Dans ce lieu, chaque mot prononcé était une seconde de travail perdue.

Elle vidait consciencieusement le sachet entier de frites surgelées dans la passoire métallique puis plongeait celle-ci dans l'huile frémissante. Elle sortait les frites à peine dorées, les égouttait, les versait sur le plateau chauffé sous la lampe électrique, les salait, les mélangeait à l'aide d'une spatule métallique et remplissait les barquettes – les petites, les moyennes et les grandes. Puis elle recommençait et recommençait... pendant quatre longues heures.

La vie n'est qu'un éternel recommencement, découvrit Roxane.

Tout en faisant frire les frites, elle conjuguait cette noble action à tous les temps et dans tous les sens, en long, en large et en travers, même aux temps où frire n'est pas conjugué – on se demande d'ailleurs pourquoi : je fris – tu fris – il frit – nous frisons – vous frisez – ils frisent. J'ai frit... je frisais... j'avais frit... j'eus frit... je frirai... j'aurai frit... que je frise... que j'aie frit... que je frisse...

Grâce à quelques centaines de kilos de frites, Roxane terrassa enfin l'imparfait du subjonctif. Que je cuisisse. Que je fisse. Que je fusse. Que j'eusse. Que je frisse et que je frisse... Bien qu'on ne frisse pas, moi, je frisse.

La chaleur de l'huile frémissante lui montait à la tête.

Outre les problèmes de tout genre, il y avait le problème du genre pour Roxane. Que les objets et les mots eussent un sexe, elle ne l'aurait jamais cru.

Le persan, « fârsi », est une langue sans sexe, androgyne si l'on veut. On ne dit pas « le fârsi », ou « la fârsi », on dit juste « fârsi ». Pas de « la », pas de « le », pas d'histoire avec la masculinité ou la féminité dans cette langue ; il y en avait déjà assez avec les êtres humains, et ça suffisait largement. Grandie sous le régime des mollahs, Roxane en avait gros sur le cœur avec les problèmes de masculinité et de féminité ; ce n'était pas le moment d'en rajouter avec le sexe des mots. En outre, il était mille fois plus naturel, pour elle, de dire « chaise » que de dire « la chaise ». Elle fit donc table rase des articles.

— J'étais dans rue. Matin, il faisait froid. Magasin était fermé. J'ai mangé pomme…

Les articles étaient d'infimes détails.

— Les articles, je les apprendrai plus tard. L'important, c'est les mots ; de toute façon, c'est soit la, soit le, ce n'est pas difficile.

Elle était loin d'imaginer dans quel pétrin elle s'enfonçait.

Elle trébuchait sans cesse sur des mots qu'elle ne parvenait à articuler correctement. Elle avait du mal avec les voyelles « E » « O » « U » « É » « È »… Aucun mot ne sortait correctement de sa bouche. Elle utilisait un mot pour un autre, elle faisait des fautes de syntaxe. Elle n'avait pas sa vraie voix. Une voix artificielle et rauque sortait de son larynx. Elle n'avait pas l'impression de parler, plutôt d'imiter le parler des Français, comme un perroquet.

Petit à petit, elle prit conscience du ridicule de son français. Elle s'employa à coller les articles aux mots. La tâche ne fut pas simple. Il fallait tout reprendre dès le début. Elle fut accablée de remords.

— Si j'avais appris dès le départ les mots avec leur accent, non pardon, avec leur article, aujourd'hui je n'aurais pas à tout recommencer. Bon, tu répètes dix fois la pomme, la pomme, la pomme… La, la, la ; une, une, une ; pas le, le ; pas un, un.

— Et pourquoi la pomme, s'il vous plaît, et pas le pomme ?

— Parce que c'est comme ça, tu l'apprends par cœur et tu te tais. Ce n'est pas si difficile de dire « une » pomme, « la » pomme, bon sang.

— Est-ce une langue qu'une langue apprise par cœur ?

— Pas de questions philosophiques. Travaille. Répète : la fenêtre, la fenêtre, une fenêtre.

— Ah ! s'il y avait une fenêtre dans cette chambre...

— Pas de souhaits impossibles. Travaille, répète : le travail, le travail, un travail...

L'absence d'article avait créé une infirmité originelle dans le français de Roxane. Le conflit entre le et la ne prit jamais fin. La tyrannie des articles ne lui laisserait aucune liberté.

Elle aurait pu créer sos articles, mais qui serait venu à son secours ?

À peine terminait-elle une phrase, qu'elle lisait dans les yeux de son interlocuteur qu'elle s'était trompée d'article. Un mélange de honte et d'amertume l'envahissait. Aussitôt la faute commise, madame l'agent de la langue apparaissait, matraque à la main et regard lourd de reproche. Roxane, déstabilisée, mémoire vacillante, ne savait comment continuer, elle enchaînait les fautes. Une seule erreur d'article entraînait d'autres fautes. Elle se décernait une longue liste d'insultes : idiote, imbécile, stupide, bête, demeurée, inculte, écervelée...

La langue lui échappait, elle s'en sentait exclue. Cette langue impitoyable ne lui pardonnait rien. Elle finit par en vouloir au français et aux Français. La langue la trahissait à travers chaque phrase et les Français étaient témoins de ses faiblesses, de ses fautes, de ses manques et de ses failles.

Les angoisses « articulaires » ne quittaient jamais Roxane. Elle devint obsédée du sexe des mots, comme les fanatiques religieux l'étaient du sexe des femmes. Elle se heurtait sans cesse au

« la » ou au « le » des mots, c'était sans issue. Avant chaque mot planait le doute : c'était le ou c'était la ? Entre la langue et Roxane se créa un vide vertigineux.

Comment vivre éternellement dans le doute, dans la peur de dire ?

Seul un cancer, pensa-t-elle, pourrait la sauver ! La souffrance physique saurait effacer sa souffrance indicible, d'autant plus indicible que le mal des articles n'était pas reconnu par la médecine française. Avec un cancer, elle serait exempte des exigences linguistiques et « articulaires » ; personne ne soulignerait les fautes d'article d'une étrangère à l'article de la mort.

Il était bien nommé celui-là, l'article de la mort !

On lui pardonnerait toutes ses fautes, on aurait pitié de son âme torturée par le français. Peut-être qu'elle-même se pardonnerait et mourrait enfin en paix.

Amen.

En attendant le cancer, elle se rendit compte qu'il lui fallait un deuxième boulot afin de subvenir à ses besoins et d'économiser pour les cours de civilisation française à la Sorbonne.

Elle trouva un travail dans les petites annonces. Elle gardait un enfant. Elle avait eu des entretiens auxquels elle n'avait rien compris et elle avait parfois demandé à son interlocuteur de parler plus lentement, mais il s'avéra que le français ne se parlait qu'à une vitesse vertigineuse ou pas du tout. Le jour de l'entretien avec la mère de famille, sans comprendre un mot à ce qu'elle disait, Roxane avait répété de temps en temps « oui, oui, bien sûr ». Comprendre ou ne pas comprendre, *that is the question*. Elle avait besoin de ce travail et la chose la plus importante à savoir, c'était de ne jamais répondre par la négative à un futur patron ; ça, elle le savait.

La seule phrase que Roxane avait bien saisie c'était :

— Vous êtes de quelle nationalité ?

— Je suis iranienne.

— Ah !

C'était inévitable ce « ah ! » qui sortait de toutes les bouches aussitôt que le mot « iranienne » était prononcé. Elle ne savait comment elle devait prendre cette exclamation, elle ne pouvait s'empêcher d'y percevoir un quelque chose de désagréable. Elle préféra, néanmoins, ne pas tirer de conclusions définitives.

— Bon.

La dame allait dire : « Bon, ce n'est pas grave. » Elle ne l'a pas dit, mais Roxane l'a entendu.

Ce jour-là, en rentrant chez elle, dans les escaliers, elle croisa à nouveau le jeune Asiatique. Ils se dirent bonjour, il s'arrêta et s'effaça pour la laisser passer. Elle le remercia d'un sourire. Il descendit les escaliers et Roxane monta dans sa chambre.

Roxane cherchait l'oubli. Elle voulait aller de l'avant, construire une nouvelle vie. Mais une question se posait :

— Par où commencer ?

— Commencer quoi ?

— Hmm... la construction.

— On ne construit pas une vie nouvelle sans rien. Avec quoi commencer ?

— Euh...

— Crois-tu qu'avec un vocabulaire étranger fraîchement appris, on peut construire quoi que ce soit ? Foutaise ! Tu pourras peut-être construire un château de sable avec tes mots, mais pas une vie. Une vie ne se construit pas comme ça, il y faut toute une vie.

Elle conversait avec elle-même, de plus en plus. Elle faisait la thèse, l'antithèse et la synthèse.

Elle savait qu'elle ne serait jamais française par le sang ou par la terre ; elle voulait l'être par la langue. C'est dans la langue que tout s'enracine, se disait-elle. Si les Français ne parlaient pas français, ils ne seraient pas des Français. Sa patrie à elle serait la langue. Cette patrie qui l'excluait, la bannissait. Cette patrie qui dénonçait sans pitié sa condition d'exilée. À peine prononçait-elle un traître mot qu'on lui demandait :

— D'où vient votre accent ?

Ce qui voulait dire que cette langue n'était pas la sienne. Qu'elle venait d'une autre langue, d'un autre pays. On la réexpédiait sans cesse au pays des mollahs.

— Alors vous êtes de quel pays ?

— De l'Iran.

— De l'Irlande ?

— Non, de l'Iran.

— Ah !

Eh oui, on n'échappe pas à sa nationalité, à l'histoire de son pays, encore moins à ses épisodes calamiteux. Il faut bien que quelqu'un paye les factures de l'histoire, et elles coûtent bien cher, ces factures.

En vertu des lois géographiques, politiques et internationales, elle était iranienne, point à la ligne. Et son accent la dénoncerait à jamais. Il serait lié à la mémoire des mollahs, à perpétuité.

Justement, le passé, sournois, n'était jamais loin, à l'affût de chaque désespoir ; il murmurait : Reviens, reviens, ma Roxane, pour que je te consume, à petit feu, à grand feu.

Non, on n'échappe ni à son passé, ni à son histoire. Ils se réclament de vous. Ils sont à vous et vous êtes à eux. C'est ainsi que va la vie, et c'est comme ça, comme le disent si bien les Français.

Les états de lassitude et de désarroi se succédaient. Elle se débattait entre le désespoir et l'incertitude. L'expérience douloureusement vécue de ces tiraillements quotidiens, l'étrangeté d'une langue étrangère qui se refusait à elle et qui la refusait lui firent sentir ce qu'était l'exil, ce que c'était qu'être exilée. L'exil, c'était la langue.

— Puisque la langue est exil, elle sera un jour ma patrie, se disait-elle.

L'exil faisait bizarrement écho aux souvenirs les plus enfouis. Son enfance la plus lointaine n'était jamais aussi présente que depuis qu'elle vivait à Paris. Était-ce l'apprentissage d'une nouvelle langue, était-ce cette enfant dont elle s'occupait, était-ce Paris, le sentiment de l'étrangeté, la solitude, la nostalgie, les difficultés d'une nouvelle vie ?

Elle voulait vivre le présent et construire l'avenir, mais l'avenir n'avait pas un arsenal d'images, tandis que le passé, ah si. Sans préavis, les images du passé transformaient Paris. Le passé devenait le présent. Les souvenirs devenaient réels physiquement. Les images, comme l'armée de Temüjin, se lançaient en galopant à la conquête du présent. Elle essayait de s'en détacher, mais chaque effort pour éloigner le passé ne faisait que le rapprocher.

Elle glissait parfois d'un temps à un autre, d'un lieu à un autre, imperceptiblement. Elle voulait aller de l'avant, mais elle allait à rebours. Paris et la vie à Paris s'annulaient. Elle ne savait à quelle époque et dans quel lieu elle se trouvait. Elle se sentait partout l'intruse, l'étrangère, même dans sa propre peau, surtout dans sa propre peau.

À force de répéter « je suis iranienne », elle allait la devenir, cette Iranienne. Alors qu'elle voulait tourner la page, commencer une nouvelle vie, devenir une autre, faire peau neuve. Mais pour tourner la page il faut qu'il y ait d'autres pages. Sa vie était décalée, elle avait dégringolé dans les escaliers du temps.

Ce merveilleux oubli que Roxane cherchait ne vint jamais.

Dans le couloir de l'école. Roxane entre son institutrice et une jeune femme magnifiquement belle, aux yeux verts, qu'elle croit être sa mère. Elle écoute d'une oreille distraite leur discussion, jusqu'au moment où elle est frappée par ces paroles :

— Je ne suis pas sa mère, je suis sa sœur, dit la jeune femme à l'institutrice.

— Comment ça, elle n'est pas ma mère ! Et pourquoi ? s'étonne Roxane en silence.

Mais si elle, qui l'aime tant, et qu'elle aime plus que tout au monde, n'est pas sa mère, qui d'autre peut bien l'être ?

— Sa mère n'est pas là pour le moment, précise sa sœur.

Roxane ne savait pas que sa mère n'était pas là. Où est-elle donc ?

— Et son père, il ne s'occupe pas de...

L'institutrice n'a pas eu le temps de terminer sa phrase que la sœur de Roxane répond :

— Son père, enfin notre père, est rarement là.

Elle ne savait pas que son père n'était pas là, ni d'ailleurs qu'elles avaient le même père avec sa mère, enfin avec sa sœur.

Elle n'avait jamais appelé personne maman et papa. Elle avait toujours cru que c'était sa prérogative à elle, par rapport à ses nièces et ses neveux, qu'elle croit ses frères et sœurs.

— Cette situation n'est pas normale ! s'exclame l'institutrice.

Quelle situation ? se demande Roxane.

— Cette famille n'est pas normale, continue l'institutrice en écarquillant les yeux.

Qu'est-ce que c'est qu'une famille normale et pourquoi sa famille à elle ne l'est-elle pas ? se demande-t-elle, en regardant tantôt l'institutrice, tantôt sa sœur, la mère qu'elle vient de perdre.

— Mais ça se voit que cette enfant n'est pas normale, dit enfin l'institutrice.

Alors comme ça, elle non plus, elle n'est pas normale. Et qu'est-ce que c'est qu'être ou ne pas être normal ? Et pourquoi elle ne l'est pas ? se demande Roxane toujours en silence, et d'ailleurs comment peut-on être normal ?

Une fois la situation de la famille expliquée, la sœur de Roxane partit, et elle rentra en classe avec l'institutrice.

Ce jour-là, elle comprit qu'elle ne savait rien, et que jusqu'à ce jour, elle n'avait même pas su qu'elle ne savait rien.

Elle sut que ce n'était pas normal qu'à son âge, elle ne sache pas qui était sa mère et qui était son père ; que sa sœur ne soit pas sa mère, ça, c'est vrai, elle admettait que ce n'était pas normal.

À quoi ça servait d'avoir une mère si ce n'était pas elle ?

L'univers béat dans lequel elle ne s'était jamais souciée du « normal » ou du « pas normal » disparut d'un coup.

À cinq ans, dans un couloir de l'école, elle venait de naître de parents dont elle ignorait l'existence.

C'est ainsi que se déroula la scène fondatrice. Son histoire à elle n'avait pas été écrite d'une façon normale par le père de l'Histoire, Hérodote. Ni comme disent nos amis arabes, *Mékyub*, par Allah ; ni par *Sarnévecht*, comme on dit en persan (littéralement l'histoire écrite à l'avance, le Destin). Quels que fussent le mot et la langue, son histoire à elle n'était pas normale.

L'enfant demeura stupéfaite et muette.

Elle se garda bien de révéler sa situation à ses camarades d'école. Quel bonheur c'était de ne pas savoir. Elle regretta son ignorance. Elle en voulut à son institutrice, à ses camarades d'école, à elle-même, à sa sœur qui n'était pas sa mère, à sa famille, à l'univers entier, et surtout à ce mot « normal » qui venait de troubler irrémédiablement son existence.

Le mot « normal » ne correspondait à rien pour Roxane. Il lui a toujours semblé qu'on l'avait inventé pour désigner et condamner quiconque ne l'est pas. Et puisque ni sa situation ni elle-même n'étaient normales, au moins qu'on lui expliquât ce qui l'avait rendue, elle, pas normale. Mais personne ne prit le temps d'expliquer quoi que ce fût à cette enfant.

Le plus facile aurait été de tout mettre sur le compte d'une erreur. Mais cette erreur n'était autre que la réalité elle-même. Les morceaux incohérents et éclatés d'une telle réalité ne pouvaient se recoller et retrouver un certain équilibre, une certaine harmonie, que dans l'imaginaire. À cinq ans, Roxane n'avait pas la capacité intellectuelle pour raisonner ainsi, elle n'avait pas raisonné du tout, elle n'avait cherché ni à comprendre ni à trouver une solution à sa situation. La solution se trouvait en elle.

Roxane devint bègue. Les mots sortaient de sa bouche écartelés en syllabes difformes. Son bégaiement n'était pas constant. Vivre dans l'écartèlement des mots qui traduisaient la réalité fut compensé par des périodes de mutisme et de fabulation.

Le simple « je », « *man* » en persan, déchirait Roxane entre les trois lettres inconciliables qui composaient ce pronom de la première personne ; « *man* » (« M, A, N ») la divisait en trois. Le moi, le « M O I » de Roxane se divisa en trois :

Roxane bègue,
Roxane fabulatrice,
Roxane murée dans le mutisme.

Personne ne comprit rien à cette alternance d'états dits pathologiques de Roxane. Ni les médecins, ni les psychologues, ni les psychiatres, ni les institutrices, encore moins les membres innombrables de sa famille.

La vérité, c'était que la réalité l'avait rendue bègue.

En écartelant chaque mot, Roxane tentait de déchirer cette réalité insoutenable, comme on déchirerait une page dont la lecture nous apprend des nouvelles insupportables. Après tout, c'était quelques petites phrases toutes simples qui avaient rendu la réalité si trouble :

— Je ne suis pas sa mère, je suis sa sœur...

— Ça se voit que cette enfant n'est pas normale...

La deuxième solution, c'était de s'échapper de cette réalité. Elle se réfugiait dans des réalités fictives, elle inventait des histoires.

Et la troisième solution, le mutisme, c'était des moments de repos entre ces deux périodes d'intense lutte active contre la réalité.

Elle se retirait des mots qui disaient la réalité. Elle restait des heures et des heures sans parler, sans manger, sans bouger, fixant le coin triangulaire de la pièce, à peine si elle respirait. Elle végétait parfois toute une journée. Elle faisait la grève de la vie.

— Cette enfant n'a rien mangé depuis ce matin, disaient les uns.

— Elle n'a pas bougé de ce coin depuis ce matin, disaient les autres.

— Soit elle est muette comme une pierre, soit elle invente n'importe quoi, soit elle bégaie, elle ne peut pas être comme les autres enfants, celle-là.

Personne ne savait comment s'y prendre avec elle.

Ses camarades d'école avaient du mal à croire aux histoires invraisemblables que Roxane leur racontait. Elles commencèrent à les rapporter à leurs institutrices.

Les institutrices s'indignaient.

— Cette enfant est une sale menteuse ; quand elle raconte ses histoires à dormir debout, elle ne bégaie plus. Elle feint d'être bègue quand ça l'arrange.

Roxane ne feignait rien. Son bégaiement n'était pas volontaire, il dépassait toute volonté. Elle ne mentait pas non plus, elle racontait des histoires. C'était des bouts de fictions qui lui venaient souvent à l'esprit malgré elle. Et ces gens-là n'avaient aucune idée de l'existence de ce qui s'appelle l'imagination. À côté de Schéhérazade et de ses histoires de génie, Roxane était pourtant un enfant de chœur.

Avec une famille comme la sienne, un brin d'imagination et un peu de sel et de poivre, on pouvait inventer les sept merveilles du monde.

Les institutrices, démunies, répétaient :
— Cette enfant n'est pas normale du tout.
Ignorant qu'elles ne lui apprenaient plus rien.
Du normal et du pas normal, Roxane savait déjà tout ce qu'il y avait à savoir.

Ce fut un dimanche, un après-midi gris d'un froid humide. Roxane, emmitouflée dans un grand pull, derrière sa table, se forçait à travailler les conjugaisons. L'œil rivé sur le petit chauffage électrique qui réchauffait mollement la pièce, elle se demandait si elle ne serait pas mieux, dans son lit, tout près de la table. Une tentation permanente ce lit, par un dimanche pareil. Elle allait se décider enfin à se blottir sous la couverture lorsqu'on frappa à sa porte. Depuis qu'elle était à Paris, c'était la première fois que l'on frappait à sa porte. Étonnée, elle se leva et demanda :

— Qui est-ce ?

— Votre voisin !

Aussi étrange que cela paraisse, elle reconnut la voix de l'homme asiatique. Avant d'ouvrir la porte, elle se regarda dans le miroir : une catastrophe, rien à faire. Elle ouvrit la porte, souriante.

— Bonjour, voulez-vous prendre un thé ? alla droit au but l'homme asiatique, en inclinant la tête en signe de politesse.

— Oui, répondit spontanément Roxane.

— Je suis au numéro quatre.

— J'arrive.

Elle changea de pull et de pantalon, détacha ses cheveux, mit un peu de blush sur ses joues pâles et un rouge à lèvres de couleur naturelle. La porte quatre se trouvait au fond du couloir. Elle frappa du bout des doigts et l'homme asiatique ouvrit la porte. Il l'invita à entrer, d'un timide sourire, et toujours en inclinant la tête. Elle en fit autant et entra. Il ferma la porte.

La chambre numéro quatre n'était pas une chambre, mais un véritable studio ; un château par rapport à celle de Roxane. Trois fois plus grande, la pièce avait une grande fenêtre qui donnait sur la rue, une cuisine américaine, des placards et une porte qui ne pouvait être que celle de la salle de bains. Et, comble de surprise, une cheminée en marbre noir dans laquelle des bûches flambaient magnifiquement. Un luxe. Un coin de paradis au sixième étage de l'escalier de service, au fond d'un couloir étroit, sombre et improbable. Cette pièce ressemblait beaucoup plus à la chambre de bonne imaginaire des après-midi de l'adolescence de Roxane que la boîte à chaussures dans laquelle elle vivait. Elle resta debout quelques instants, le temps d'admirer l'harmonie de la décoration et l'ordre quasi mathématique et providentiel du lieu sous les flammes du feu. Le maître du lieu se tenait un pas derrière elle et lui laissa le temps qu'il fallait pour s'adapter au changement. Elle se retourna vers lui. « C'est très beau », s'extasia-t-elle.

La solitude totale depuis quelques mois avait fait que Roxane ne s'était posé aucune question sur la nature de cette invitation, elle l'avait acceptée sans réfléchir, sans connaître l'homme qui l'invitait. Elle l'avait croisé seulement deux fois dans le couloir, le temps de remarquer sa beauté délicate. Elle était là, chez cet homme dont elle ne connaissait pas même le nom, et elle était contente d'y être.

Les présentations furent brèves.

— Je m'appelle Kim, je suis coréen, dit-il avec un sourire prodigieux qui faisait apparaître deux fossettes extraordinairement érotiques et des dents à vous mordre les lèvres.

— Je m'appelle Roxane et je suis iranienne.

— Enchanté !

Kim se mit à préparer le thé. Elle l'observait. On ne pouvait faire autrement. La beauté et l'élégance de ses gestes inimitables, précis et sans la moindre précipitation sollicitaient l'attention. Une sérénité incomparable émanait de cet homme, une sérénité qui laissait son empreinte sur tout ce qu'il touchait. Ses mains et ses doigts touchaient les objets avec une sensualité rare, on ne pouvait pas ne pas les imaginer vous caresser le corps.

Il servit le thé dans deux grandes tasses en porcelaine bleue aux dessins géométriques, sur un plateau où il posa aussi une assiette de gâteaux coréens, des sortes de loukoums au gingembre et aux autres arômes étrangers ; puis il s'assit en face d'elle.

Une senteur inconnue – l'odeur du thé, du bois flambé, et sûrement un encens coréen – enivrait Roxane.

Ils se regardèrent un instant dans les yeux, timidement.

— Que les Coréens peuvent être beaux ! se dit-elle en persan.

Ils burent une gorgée de thé. Il lui tendit les loukoums, elle en prit un et le mit dans sa bouche. À l'opposé des loukoums orientaux, qui collent au palais et à toutes les dents, celui-ci était un délice ; d'un goût subtil, il fondait dans la bouche, se transformait en liquide épais et coulait voluptueusement sur votre langue, son parfum se répandait en vous et vous enveloppait. Kim, qui connaissait la magie de ses loukoums, guettait la réaction de Roxane. Les yeux de celle-ci lui donnèrent l'approbation qu'il attendait.

Cette chose vous faisait saliver de désir.

— Vous apprenez la langue ?
— Oui.
— À l'Alliance française ?
— Oui, répondit Roxane, bien qu'elle eût arrêté les cours.
— C'est difficile à Paris tout seul, moi aussi je suis allé à l'Alliance française. Maintenant je fais un stage, et ça va mieux.

En parlant, il bougeait très légèrement la tête, ou peut-être c'était la nuque, ou tout simplement une illusion d'optique ; toujours est-il qu'elle restait hypnotisée, sans un battement de cils, à le regarder pour ne rien manquer de cette beauté divine, du mouvement de ses lèvres et de sa bouche si sensuellement dessinées qui faisaient remuer quelque chose en elle, quelque chose dans le cœur, dans le ventre.

Ce fut à peu près tout ce qu'ils se dirent ce jour-là. Faute de langue commune. Il remplit à nouveau les tasses, ils burent leur thé, renonçant à toute tentative de conversation élémentaire. Ni l'un ni l'autre ne tenaient apparemment aux vocables imprononçables du français. Elle ne savait à quoi elle pensait ; d'ailleurs, à ce moment-là, elle n'était pas capable de penser à quoi que ce fût.

Il n'y avait pas de mots, mais une attirance irrésistible que Roxane ressentait, qu'elle ne pouvait nommer, qu'elle ne voulait nommer. Il y avait le désir. Kim lui semblait au plus haut point un être serein, énigmatique et séduisant. Elle se sentait on ne peut mieux en sa compagnie. L'absence de mots et l'étrangeté de la situation avaient créé une intimité mystérieuse, une sorte d'alchimie entre ces deux inconnus.

Des minutes passèrent. Ils burent leur thé dans un silence ponctué par les crépitements du feu et les regards furtifs qu'ils échangeaient. Elle n'aurait jamais pu imaginer qu'à trois mètres de chez elle, au bout du même couloir, une porte s'ouvrît sur un tel Plaisir. Sur un tel Paradis.

Cet après-midi fut incroyablement heureux. On imagine mal qu'on puisse passer un tel après-midi avec un parfait inconnu.

Vint enfin le moment de partir, mais Roxane n'en avait aucune envie. Elle aurait souhaité que cet après-midi durât à jamais, mais rien ne dure dans ce monde, elle le savait, tout arrive à sa fin.

Elle était debout, Kim se tenait à moins d'un mètre d'elle. Elle s'attardait devant la porte, quelque chose arriverait peut-être, l'un des deux oserait un geste ; Kim se retourna, prit un carton dans le placard :

— Tenez, ce sont des cassettes d'auto-apprentissage du français, elles m'ont beaucoup aidé, je n'en ai plus l'utilité.

Elle prit les cassettes, le remercia. Il inclina la tête, elle aussi. Ils se dirent au revoir.

Le soir, dans sa chambre, elle pensait à Kim. Un homme doté d'une telle sérénité ferait un amant sublime. Elle aurait voulu retourner chez lui, frapper à sa porte et passer la nuit dans les bras de ce bel inconnu, mais elle savait qu'elle n'aurait jamais une telle audace.

Le bonheur n'est jamais très loin, se dit-elle en se glissant dans son lit glacé.

Elle quitta son travail de baby-sitter au bout d'un mois. Son employeuse préférait ne pas la déclarer et Roxane avait besoin d'être déclarée.

Elle chercha une autre place et fut embauchée chez une femme journaliste qui habitait Belleville. Elle était très contente de ce travail, bien qu'il l'obligeât à traverser Paris en métro. Elle terminait chez McDonald's à trois heures, se rendait devant une école maternelle pour attendre Clara, une fillette de trois ans. Julie était une mère célibataire, blonde, rousse plutôt, avec des yeux vert bleu, assez mince, pas très grande. Elle faisait très française pour Roxane. Elle ne savait ce qu'il y avait dans ce mot « française » qui rendait Julie si insaisissable, si... si française justement. Avec n'importe quelle femme iranienne, quel que fût son milieu, elle aurait su en peu de temps à quoi s'en tenir, mais avec Julie le mystère restait entier. Chez Julie, il n'y avait rien de... rien de déjà vu, de déjà connu. Elle était face à l'étrangeté, face à l'étrangère, face à l'Inconnu, face à l'Autre.

Les deux femmes s'échappaient mutuellement. Tout ce qui chez Julie échappait à Roxane, Roxane le mettait sur le dos de ce mot « française », et tout ce qui chez Roxane échappait à Julie, Julie le mettait sur le dos du mot « iranienne ». Et ces deux mots, « iranienne et française », sans qu'on sût ce que chacun contenait, ni l'inconnu qu'il enveloppait, se distinguaient nettement. En tout cas, pour les deux femmes une chose était certaine : quand on était iranienne, on n'était pas française, et quand on était française, on n'était pas iranienne. Cela dit, elles n'étaient pas plus avancées, mais quand même, elles savaient que chacune était face à une inconnue et que cette inconnue n'était pas la même pour chacune d'elle. Rien n'était très clair. Rien n'était plus obscur.

Les deux femmes s'entendaient cependant bien. Roxane était contente de son employeur et Julie satisfaite de sa baby-sitter. Quant à Clara, elle trouvait Roxane drôle. La non-compréhension a ses propres vertus.

Leurs relations étaient cordiales et brèves. Julie rentrait tard et fatiguée, elle devait souvent continuer à travailler après avoir couché Clara, finir un article, chercher des documents sur Internet, vérifier, rectifier deux ou trois informations…

Les échanges entre Roxane et Julie se limitaient à quelques phrases habituelles :

— Tout s'est bien passé ?

— Oui.

— Elle a été sage ?

— Oui

— Merci beaucoup, à demain.
— À demain.

Roxane lisait les livres de Clara. C'était étrange d'apprendre à lire des livres d'enfant à vingt-cinq ans. Cette expérience ne ressemblait nullement à son initiation originelle à la lecture. Enfant, elle avait une intelligence immédiate, fulgurante. Apprendre la fascinait. Adulte, elle ne retrouvait ni la rapidité ni la facilité d'autrefois en apprenant le français. Rien n'était naturel dans cette langue. Rien n'était naturel dans ce nouveau monde. Il fallait s'adapter à tout. Puisque ce nouveau monde était différent de tout ce qu'elle avait connu, il lui fallait devenir différente.

Roxane avait peur de paraître trop iranienne ! Oui, c'est ça, trop iranienne. Elle voulait à tout prix se débarrasser de cet atavisme iranien qui chez ses compatriotes lui était insupportable. Et, à sa grande déception, elle en avait surpris des séquelles dans son for intérieur. On ne sort pas indemne de plus de vingt ans de vie en Iran. Plus tard, elle comprit qu'elle était loin d'être la seule à avoir eu ce sentiment-là.

Ne pas vouloir ressembler aux autres Iraniens faisait aussi partie des attitudes ataviques les plus répandues chez les Iraniens qui avaient fui le régime.

Les cassettes se révélèrent d'une grande efficacité. Roxane les écouta de multiples fois, pendant des heures et des heures, et toujours en pensant à Kim. Elle pensait tellement à lui qu'elle n'arrivait pas à se concentrer ; alors elle rembobinait la cassette et réécoutait le morceau. Et ça lui arrivait très souvent de rembobiner la cassette.

Trois semaines avaient passé depuis cet après-midi inoubliable. Depuis trois semaines, elle ne l'avait pas croisé dans les escaliers, depuis trois semaines elle avait guetté derrière sa porte ses pas dans le couloir, s'était parfois glissée prudemment devant la porte numéro quatre, mais n'avait entendu aucun bruit, aucun signe de vie. Depuis trois semaines Roxane fantasmait, rêvait de Kim. Elle avait pensé à lui, tous les jours, toutes les nuits, toutes les heures ; même pendant ses promenades, elle l'imaginait à ses côtés, elle lui disait tout ce qu'elle ne lui avait pas dit, tout ce qu'elle ne lui dirait sûrement jamais. Elle l'avait tellement imaginé qu'elle connaissait le moindre trait de son visage. Paris était encore plus romantique avec ce sublime visage coréen.

Roxane ne savait au juste ce qu'elle ressentait, mais elle était sûre d'une chose : elle le désirait physiquement, charnellement. Depuis trois semaines, elle s'était imaginée dans ses bras, avait rêvé de ses baisers, frotté son nez au creux de son épaule, embrassé ses lèvres, bu sa sève étrangère. Depuis trois semaines, elle était lasse de se donner à lui, sans cesse, jour et nuit...

Mais était-elle réellement amoureuse ? Elle n'était pas du genre à se poser des questions si frontales. Pourquoi cherchons-nous toujours à vouloir tout savoir, à trouver une réponse définitive, irrémédiable, comme oui ou non, à tout ? Il y a des choses qui se situent en dehors du oui et du non dans une vie. Ce que Roxane ressentait au fond d'elle-même pour Kim, sans le connaître, c'était un de ces sentiments rares qui se situaient au-delà du oui ou du non, au-delà de toute question et de toute réponse, au-delà du noir ou du blanc, au-delà du mal ou du bien. Un sentiment qui existait au plus profond d'une jeune femme, c'est tout.

Elle avait décidé qu'à la première occasion elle l'inviterait à prendre un thé iranien chez elle. Elle passait des heures à guetter ses pas, mais Kim ne passait jamais.

Un après-midi, enfin, arriva ce qui devait arriver. C'était lui, Roxane reconnut ses pas dans le couloir. Elle se mit à l'ouvrage : rangea sa chambre, se lava dans son petit lavabo, s'habilla et mit de l'eau à bouillir sur la plaque électrique. Elle se regarda dans le miroir. Elle était rose, rouge, rouge de désir. Elle sortit, se dirigea vers le fond du couloir. Elle se tenait devant la porte numéro quatre. Son cœur battait la chamade. Elle avala sa salive, leva la main pour frapper à la porte, lorsqu'elle entendit une voix, un rire plutôt. Le rire d'une femme. Elle avala sa salive, son cœur s'était arrêté de battre. Elle retourna dans sa chambre, s'assit au bord du lit, une douleur fulgurante dans le cœur, dans le ventre. La bouilloire commença à siffler.

C'est la vie, le destin ou tout simplement les circonstances ; parfois force est d'admettre qu'il n'y a rien à faire, que tout est perdu d'avance, que le ciel et la terre s'acharnent sur vous, qu'à part la souffrance il n'existe pas d'issue. Roxane passa une grande partie de la soirée à pleurer à chaudes larmes. Elle ne savait pourquoi ces larmes, pourquoi cette douleur ; elle était malheureuse, se sentait délaissée avant même d'être aimée. Rien n'aurait su apaiser son chagrin. Ce sentiment indéfinissable qui l'avait envahie à son insu, ce sentiment si inattendu, si incohérent, s'était construit à partir de rien, sur rien. Roxane était suffisamment raisonnable pour savoir que ce n'était pas raisonnable de s'attacher comme ça à un inconnu. Mais hélas, savoir ne suffisait pas. Avons-nous besoin de connaître quelqu'un pour le désirer, pour nous attacher ?

Ce désir aussi confus que puissant était là, en elle, plus fort qu'elle, et elle ne savait comment l'étouffer. Elle n'arrivait pas à ne pas penser à Kim, son visage était devant elle, dans ses yeux. Peut-on tomber amoureuse d'un homme simplement parce qu'il est beau ? Non, Roxane ne voulait pas prononcer ce mot. Seulement, elle ne comprenait pas ce qui lui était arrivé.

— La solitude ne suffisait pas, il me fallait en plus un chagrin d'amour.

Le lendemain, un samedi, à quatre heures de l'après-midi, Roxane finit chez McDonald's. Comme elle habitait à deux pas, elle préférait se laver et se changer chez elle plutôt que dans le sous-sol de cet endroit où tout sentait la graisse et le ketchup. Après cinq heures non-stop passées à frire les frites, elle sortait, épuisée, dans sa tenue macdonaldienne, imprégnée de l'odeur de graillon. Elle montait les escaliers d'un pas las quand, au troisième étage, elle entendit des pas qui descendaient. Elle paniqua, voulut se cacher quelque part, sous terre si c'était possible. Kim et la fille au rire heureux étaient déjà là, un peu plus haut, à six marches en face d'elle. Le regard de Kim perça son cœur. Elle ne put soutenir ce regard. Incapable de prononcer un simple bonjour, elle blêmit de honte, fit un rictus de sourire et baissa la tête. Ils s'arrêtèrent sur le palier pour la laisser passer. Elle crut que ses jambes allaient l'abandonner, monta les six marches, passa à côté de la fille au parfum subtil. Ils descendirent les escaliers.

Elle se recroquevilla sur elle-même, étreignant son corps esseulé. Il lui eût été impossible de monter jusqu'à sa chambre. Ses jambes ne la soutenaient plus. Elle se sentait si inférieure à cette fille. Cette fille était plus belle, plus grande qu'elle, probablement étudiante dans une université ; elle parlait le français, possédait un savoir et des connaissances que Roxane n'avait pas, et elle ne travaillait sûrement pas chez McDonald's. Roxane resta, elle ne savait combien de temps, assise sur une marche de l'escalier, immobile. Lorsqu'elle arriva enfin dans sa chambre, le morceau de ciel qui se découpait dans sa lucarne était bien sombre.

Roxane quitta McDonald's. Le travail était trop fatigant et le salaire trop faible. Elle cherha un autre travail. Tâche difficile. Sa stratégie était simple. De huit heures du matin à trois heures de l'après-midi, elle se promenait dans Paris, entrait dans tous les cafés, restaurants, bistros qu'elle croisait sur son chemin et disait :

— Bonjour. Je cherche du travail ; avez-vous besoin d'une serveuse par hasard ?

Les « non » accompagnés d'un regard étonné furent aussi nombreux que le nombre de cafés, de restaurants et de bistros. Et Dieu sait qu'il y en a, des cafés, des restaurants et des bistros à Paris.

Certains, remarquant son accent et sa candeur, lui conseillaient :

— Vous feriez mieux d'aller à l'ANPE.

— Vous devriez chercher dans le *Figaro*.

— Vous devriez regarder les petites annonces.

Les plus modernes lui suggéraient Internet. La vérité, c'est qu'elle avait bien essayé de chercher un travail selon les règles, comme tout le monde, mais se confronter à une longue file d'attente pour déposer le CV et la lettre de motivation qu'elle n'avait pas, l'avait à jamais démoralisée. Elle s'était résolue à chercher à sa façon une place de serveuse.

— Dans cette ville où chaque petite rue abrite tant de cafés et de restaurants, il doit bien y en avoir un où je pourrais être serveuse.

Ce raisonnement n'était pas très cartésien, mais Roxane était iranienne.

Un jour, vers midi, elle entra dans un restaurant.

— Avez-vous besoin d'une serveuse, je...

Elle n'a pas pu terminer sa phrase...

— Vous tombez très bien, vous pouvez commencer tout de suite ?

— Oui, bien sûr.

— J'ai eu une fille qui m'était envoyée par une agence d'intérim ce matin, elle était tellement maladroite qu'en coupant les baguettes elle s'est coupé un doigt. Non, mais vous imaginez...

Elle travailla une semaine dans cet endroit, mais comme elle n'était ni professionnelle ni très adroite, on la renvoya.

Elle s'inscrivit à l'agence d'intérim, trafiqua des lettres de motivation et des cv de toutes sortes. Polyvalente, elle devint spécialiste des petits boulots. Elle travailla dans des restaurants, des bistros et des cafés aux quatre coins de Paris. Elle s'initia au métier de vendeuse de chocolats, de baguettes, de sacs et de chaussures... Malgré ses multiples cv, dans lesquels elle précisait qu'elle avait deux années d'expérience à Istanbul (et cela quel que fût le métier, car c'était en règle générale la durée d'ancienneté exigée dans les annonces), on la renvoyait au bout d'une semaine, au mieux au bout d'un mois, car, une fois au fourneau, son manque d'expérience se révélait. Les patrons voulaient quelqu'un d'expérimenté, quelqu'un qui aurait une formation, qui saurait vendre, qui saurait servir en portant trois ou quatre plats en même temps. Les patrons voulaient des professionnels.

Certains exigeaient d'emblée deux années d'expérience en France et demandaient l'adresse et le nom des anciens employeurs. Et puis ils voulaient quelqu'un qui sache au moins parler le français sans faire de fautes, sans omettre les articles. Pour gagner sa vie dans cette ville, il fallait être « expérimenté » ; Roxane avait deux années de retard, et cela pour tous les métiers.

— Comment pourrais-je inventer deux années d'expérience en France alors que je n'y suis que depuis quelques mois ?

Elle se désespérait.

En Iran, lorsqu'elle rêvait de Paris, elle n'avait aucune idée de la nécessité du CV, des lettres de motivation et de l'ancienneté. Elle se disait :

— Je ferai n'importe quel boulot, pourvu que je sois libre, pourvu que je puisse faire des études. Je travaillerai dur.

Dans ses rêves, elle s'imaginait en superwoman ; elle travaillait toute la journée, suivait des cours à l'université le soir et étudiait jusqu'à l'aube. Dans les rêves, on n'a besoin ni de sommeil ni de repos. Les rêves se suffisent à eux-mêmes. Ils sont si beaux, les rêves.

Il n'y avait qu'un métier pour lequel on n'exigerait sans doute d'elle ni ancienneté, ni lettre de motivation ; c'était le métier de pute.

— Il faudrait que je me dépêche. Le jour où je me déciderai à faire la pute, on va me demander une lettre de motivation et deux années d'expérience, se disait-elle amèrement.

Enfin, à part la langue, la solitude, la taille de la chambre et les problèmes d'argent, tout allait bien. Dieu merci.

Elle connut des hauts et des bas, beaucoup de bas, mais elle put mettre l'argent de côté pour les cours à la Sorbonne.

C'était le 21 mars, le premier jour du printemps, nouvel an iranien, le premier que Roxane passait à Paris. Rien en France ne signalait la fête du nouvel an. Roxane n'avait pas vraiment le sens de la tradition, mais elle ressentait ce mélange de tristesse et de joie qui nous envahit à l'approche d'une nouvelle année. Sa solitude faisait naître en elle une sorte de nostalgie. Elle était dans sa chambre et lisait des poèmes persans. Le seul lien qu'elle gardait avec le persan, c'était à travers les deux livres de poésie qu'elle avait apportés dans sa valise : les *Quatrains* du vénéré Omar Khayyâm, XIe siècle, et le *Divan*, le recueil de poèmes, de Hâfez, XIVe siècle, le poète adoré des Iraniens. Même les analphabètes connaissent par cœur quelques vers de Hâfez. Son *Divan*, un des plus grands chefs-d'œuvre de la poésie iranienne, à la langue imagée, ambiguë, pleine d'allégories, d'une beauté divine, chante l'amour, le vin, le printemps et la vie... Il célèbre la religion zoroastrienne et l'époque où en Iran le vin et le plaisir n'étaient pas interdits.

« Bois prudemment, car nous vivons
   des temps troublés de zizanie. »
écrit Hâfez.

En Iran, son *Divan* est plus populaire que le
Coran.

Roxane décida de tirer un présage de Hâfez
pour cette nouvelle année qu'elle commençait
solitaire. Elle fit comme font tous les Iraniens :
elle prit le livre, ferma les yeux, posa une question précise et laissa ses doigts ouvrir une page
au hasard.

La question de Roxane fut : est-ce que ce sera
une bonne année ? Voici ce que Hâfez lui répondit.

« Sache admirer, en ton visage,
   tout l'art du Créateur du monde :
C'est la face même de Dieu,
   Manifeste dans le miroir,
      que je t'envoie.
Pour que les ménestrels te disent
   Combien ma passion est profonde,
Ce sont mes vers, accompagnés
   par leur musique, c'est mon art
      que je t'envoie.
Échanson, l'oracle invisible
m'a dévoilé d'heureux présages :
Prends patience avec ta douleur !
   Ce sont des souverains breuvages
      que je t'envoie.
Hâfez, nous chantons tes louanges.
   Hâte-toi, viens vite ! Voilà

                    pour toi, ô mon hôte d'honneur,
le manteau avec le cheval
            que je t'envoie. »

Généreux comme il l'était, Hâfez n'aurait
jamais voulu lui annoncer de mauvais présages
pour cette nouvelle année qu'elle commençait
toute seule, dans un pays étranger. Il l'avait sûrement ménagée. Mais quand même, elle fut ras-
surée. De bons augures lui avaient été adressés.
C'est vrai, elle n'avait encore rien reçu, mais
certainement le colis de bonheur lui avait été
envoyé, Hâfez ne mentait jamais, et elle n'allait
pas tarder à le recevoir, ce grand colis de bonheur, emballé dans un papier cadeau brillant,
rouge et bleu, se dit-elle amusée.

Elle posa le livre et décida de débuter l'année
dans l'optimisme. Mais elle ne put empêcher des
souvenirs du nouvel an en Iran de surgir. Un
souvenir, bien précis, s'imposait à elle, un souvenir d'enfance. Les fêtes de nouvel an ça
compte quand on est enfant. Mais pourquoi ce
souvenir-là ? Il y en avait sûrement de plus gais.

Que faisaient-elles, ces scènes d'une enfance
iranienne, dans ce monde parisien ?

La chronologie était décousue. Les bribes du
passé s'inscrivaient dans le présent comme une
épitaphe. On ne choisit pas ses souvenirs ; on ne
les marque pas sur un bout de papier pour les
consulter au besoin. Ce sont eux qui nous marquent. Et ils nous marquent à jamais.

C'était un 21 mars, le nouvel an iranien, « Norouz », littéralement le nouveau jour. Les enfants attendaient en file indienne d'être embrassés par le chef de la famille, Pacha Khân, comme la tradition le voulait. Un, deux, trois, quatre, cinq…, onze, douze… elle est longue la queue. Ses nièces, ses neveux, ses cousins, ses cousines passaient un par un. Roxane attendait son tour, sautillant d'un pied sur l'autre avec impatience. C'était le premier nouvel an où Pacha Khân était à la maison.

— Puisque tu ne tiens pas en place, va chercher mon sac dans l'autre pièce, dit à Roxane une de ses sœurs, assise sur un fauteuil, allaitant son bébé.

Elle rapporta le sac à sa sœur et voulut reprendre sa place, mais les enfants la repoussèrent.

— Ah tu t'en vas et tu reviens, c'est ma place, ne te mets pas devant moi…

— Mais j'étais là, je suis allée chercher…

— Ne vous chamaillez pas les enfants, Roxane tu te mets là et voilà.

Et voilà, seulement maintenant elle était la dernière dans la queue.

Roxane n'avait jamais demandé qui était qui dans cette famille. De toute façon, même si elle l'avait voulu, une telle question ne se posait pas dans sa famille. En règle générale, les enfants ne posaient pas de questions, ils n'existaient que pour obéir et parfois servir de jouet aux adultes. Quand ils étaient de bonne humeur, les adultes jouaient avec les enfants, comme un enfant joue-rait avec un jouet, et quand le jeu se terminait chacun retrouvait son statut : l'adulte-enfant redevenait adulte et l'enfant-jouet enfant.

— Pacha Khân est devenu un homme amer et fort dépendant de l'opium, il n'est plus ce qu'il était, il a beaucoup changé, avait entendu Roxane.

Il avait quitté pour quelques mois l'Azerbaïdjan et était rentré à la maison. Souvent il restait dans sa chambre d'où émanait une odeur enivrante : l'odeur de l'opium. On lui apportait tous les jours les journaux, il écoutait beaucoup la radio et reli-sait quelques livres qui étaient posés sur une grande malle en bois. Roxane était fort intriguée par cet homme aussi inapprochable qu'insaisis-sable. Les enfants ne rentraient jamais dans la chambre de Pacha Khân.

Elle faisait la queue sans savoir que parmi ses nièces et ses neveux, ses cousins et ses cousines, elle était la seule à être la fille de Pacha Khân dans la file d'attente.

Enfin il ne resta que deux enfants, Roxane et sa cousine, fille unique de sa plus jeune tante.

— Laisse-la passer avant toi, on doit partir, avait dit sa tante en plantant la petite devant elle.

Elle avait à peine trois ans et les cheveux blonds et bouclés. Elle embrassa Pacha Khân puis s'assit sur son genou tel un chat. La tante de Roxane s'enthousiasma :

— Ah ! Regardez ! Qu'est-ce que c'est mignon, où est l'appareil photo... ? Ah ! c'est trop mignon... d'habitude elle ne fait jamais ça... l'appareil photo ?...

Roxane regardait, non sans hostilité, sa cousine qui avait calé ses fesses sur le genou de Pacha Khân, comme si c'était sa propriété privée, et qui semblait n'avoir aucune intention de céder la place à quiconque.

L'appareil photo fut enfin retrouvé.

— Attends, prends-en une autre, c'est vraiment rare qu'elle se mette comme ça... C'est incroyable... Bon, allez viens ma chérie, ne fatigue pas trop le monsieur Pacha Khân.

Tout le monde appelait ainsi Pacha Khân, même ses propres enfants, grands ou petits : le monsieur Pacha Khân.

On enleva l'enfant de force, elle pleurait. La mère la prit dans ses bras. Elle gesticulait de tous ses membres en hurlant. On la sortit sur la terrasse pour la calmer. La cousine de Roxane s'était trouvée apparemment bien en sécurité dans les bras de Pacha Khân.

C'était l'heure des médicaments. La sœur de Roxane, de vingt ans son aînée, apporta un verre d'eau et les médicaments sur un plateau qu'elle posa sur la grande malle en bois.

Roxane attendait son tour, elle s'avança d'un pas ; sa sœur se retourna.

— Le monsieur Pacha Khân est fatigué, allez, ne reste pas là, dit-elle en faisant sortir Roxane de la chambre.

Roxane ne resta pas là. Elle ne resta plus jamais là. Au nouvel an suivant, elle ne fit pas la queue. Elle ne fut pas embrassée par Pacha Khân. Elle se passa de ses baisers de nouvel an, qu'elle avait attendus et n'avait jamais reçus.

Elle commença le cours de civilisation française à la Sorbonne. Pour s'imprégner des mots, pour découvrir leur essence, pour aller au-dedans des mots, elle décida d'abandonner le dictionnaire français-persan et de se référer uniquement au *Petit Robert*. Apprendre les mots français par le truchement de leur équivalent en persan les rendait encore plus artificiels et étrangers ; en outre, les mots persans étaient inconciliables avec ce nouveau monde, tant ils rappelaient à Roxane les souvenirs d'un pays où des dogmes barbares faisaient office de lois. Roxane avait six ans lorsque le régime islamique s'était imposé en Iran, et le persan pour elle traduisait les félonies qui avaient assombri l'histoire de ce pays. La langue persane, depuis des années, d'un côté, s'était réfugiée dans la poésie d'antan, aussi sublime qu'oubliée, mal traitée, mal aimée, et de l'autre côté, elle était condamnée à une décadence irrémédiable ; elle était pervertie par les mensonges de l'histoire, par des trahisons, des souffrances, des humiliations et des afflictions. Cette langue ne rappelait que trop à Roxane les souvenirs d'un monde où chaque mot était sali, trahi par les mollahs, un monde qu'elle avait fui, un monde abhorré. La faute n'en était pas au persan, mais aux Iraniens. Une langue n'existe que dans un lieu, dans un pays, dans le cœur et la bouche des gens qui la parlent, elle raconte l'histoire d'un peuple, traduit le monde où elle vit, dit la vie, la vie des gens. Cette langue était devenue malgré elle complice d'une histoire calamiteuse et infamante ; chaque mot coltinait les dogmes qui accablaient le pays, chaque mot colportait les turpitudes de la vie quotidienne. Alors Roxane ferma à jamais son dictionnaire persan, car cette langue entaillait son être, faisait saigner sa mémoire blessée. Trop de souvenirs douloureux étaient intimement liés au persan. Non, le persan n'avait aucune place dans ce monde français.

La solitude pesait à Roxane. Inflexible, elle refusait opiniâtrement la compagnie iranienne. Les Iraniens refléteraient tout ce qu'elle souhaitait oublier, ce passé qu'elle voulait faire taire en elle, ces années de la désolation. Elle s'autocensurait impitoyablement. Elle ne se sentait pas prête à affronter les démons du passé. Sa vie à Paris, sa précarité, son infirmité linguistique, sa solitude, son avenir incertain, ses problèmes d'argent ne lui laissaient plus de force. Elle fuyait en avant, elle fuyait le passé, elle voulait s'en détacher pour pouvoir faire face aux difficultés de sa nouvelle vie. De ce reniement inlassable résultait un conflit psychique quasi permanent, elle était en défiance à l'égard de tout instant, de tout geste, de toute parole. La plus infime contrariété ravivait les blessures anciennes. Entre le monde qui habitait dans ses tréfonds et le monde extérieur un abîme s'était creusé.

Roxane se sentait coupable, depuis le plus lointain de ses souvenirs, depuis ses années d'enfance. Elle trimbalait une culpabilité poussiéreuse depuis la nuit des temps sans même en connaître la cause.

— Pourquoi suis-je coupable ? De quoi suis-je coupable ? s'était-elle demandée parfois, mais ne pas trouver de réponse ne l'avait pas empêchée de se sentir coupable. Elle s'en voulait de condamner le persan au silence, de renier le passé, de ne pas être plus forte, de ne pas mieux parler le français, de faire tant de fautes... Elle se sentait coupable de se sentir toujours coupable.

L'amertume se nourrissait des incidents quotidiens.

Acquérir une langue à l'âge adulte n'a rien de naturel. Roxane copiait dans son cahier les nouveaux mots et leurs multiples significations ainsi que les phrases d'écrivains citées par le *Petit Robert* et elle inventait trois nouvelles phrases avec chaque mot. Dans des cahiers distincts, elle classait, hiérarchisait les mots ; elle tentait en vain de ranger le nouveau monde dans ses cahiers. Souvent, dans la description d'un mot, il y en avait un autre qu'elle ne connaissait pas et qui l'empêchait de comprendre la signification du premier. Elle copiait le nouveau mot et le cherchait dans le dictionnaire. Dans la description de celui-ci, il y avait encore d'autres mots qu'elle ne connaissait pas, elle les notait et les cherchait dans le dictionnaire... De fil en aiguille, après quelques dizaines de minutes, elle oubliait quel était le premier mot qu'elle cherchait. Elle avançait lentement, difficilement.

La maîtrise du français demanderait toute une vie.

Pour chaque mot, il fallait une humilité et une patience infinies ; il fallait l'approcher lentement, délicatement, pour l'amadouer ; il fallait le comprendre, le comprendre vraiment, le dire et le redire, le laisser entrer en soi, le garder en soi, tel un gage précieux. Telle une promesse de vie. Il fallait attendre que chaque mot mûrisse en soi, retrouve pleinement son sens, prenne de la chair, de la vie, qu'il devienne la chair de la vie, pour qu'il dise enfin la vie. Elle ne voulait pas de cette langue comme d'un simple outil de communication, elle voulait accéder à son essence, à son génie, faire corps avec elle ; elle ne voulait pas seulement parler cette langue, elle voulait que la langue parle en elle. Elle voulait s'emparer de cette langue et que cette langue s'empare d'elle. Elle voulait vivre en français, souffrir, rire, pleurer, aimer, fantasmer, espérer, délirer en français, elle voulait que le français vive en elle.

Roxane voulait devenir une autre en français.

Au beau milieu d'une phrase, à propos du genre d'un mot, souvent le doute s'emparait d'elle. Aussitôt madame l'agent de l'insécurité linguistique apparaissait, matraque en main. Pensée vacillante, Roxane, impuissante, se trouvait soudain dans un vide, les mots français s'étaient évaporés d'un coup ; les mots persans, pugnaces, tenaces, s'incrustaient pour les remplacer. Roxane s'excusait et se taisait.

Qu'est-ce qu'elle aurait fait avec des mots persans au milieu d'une phrase en français ?

Le persan condamné au silence profitait de chaque faiblesse pour prendre sa revanche.

Tel Sisyphe, elle recommençait chaque jour à copier des nouveaux mots, mais tout n'était que peine perdue. Son être ne prendrait jamais racine dans la langue française ; le français lui servirait de prothèse, toujours en dehors de la chair. Elle ne serait pas française par la langue. Non, on ne s'enracine pas dans un dictionnaire ; on ne se refait pas comme ça dans une langue apprise à vingt-cinq ans.

— Tu pourras parler le français, mais jamais, au grand jamais, tu ne pourras te dire en français. C'est le persan qui t'a forgée, il te sera fidèle, plaidait Roxane persanophone.

— Mais le persan appartient à un autre monde, à une autre vie, à un autre espace-temps, répliquait Roxane francophone. Je travaillerai, je travaillerai, je découvrirai les méandres de cette langue, je saurai m'y prendre un jour avec ses caprices. Un jour elle se donnera à moi, un jour...

Elle aspirait avidement à maîtriser cette langue, à la faire sienne. Elle voulait appartenir à cette langue entièrement, jusqu'au dernier de ses neurones. Elle la désirait charnellement, mentalement, psychiquement. Elle voulait la posséder totalement, et cette garce de langue se dérobait à elle, ne cessait de lui jouer des tours.

Quelle belle garce, cette langue, la plus belle. Quelle belle grâce, cette langue. La plus belle.

Le quotidien devint un supplice pour Roxane. Elle était littéralement incapable de prononcer deux phrases sans l'angoisse de la faute, elle se sentait atteinte d'une tare mentale et s'excusait sans cesse auprès des gens normaux.

— Je suis allée ce matin dans la jardin, non, pardon, dans le jardin...

Elle se perdait dans des dédales de doute. Sans espoir. Il y avait des mots qu'elle éliminait de son vocabulaire car elle ne parvenait pas à distinguer leurs sonorités : jaune, jeune – vœu, veux, veau – cheveux, chevaux – humour, humeur... Oui, tout n'était que peine perdue. Non, la grâce n'avait pas été donnée à Roxane, ni la grâce suffisante, ni la grâce efficace, elle ne serait pas sauvée. Elle était condamnée à la déréliction.

Pascal l'aurait plainte.

Roxane avait conscience de sa nature débridée, elle s'épuisait sous la pression des forces puissantes et contradictoires qui émanaient de son tréfonds. Entre son enthousiasme pétulant et sa mélancolie originelle, elle vivait des moments de joie et de tristesse extrêmes.

Le persan est une langue imprécise, approximative, allusive, riche en allégories, une langue lyrique, mélodieuse et imagée faite pour la poésie, une poésie qui défie toute traduction. Habitée par le persan, Roxane faisait souvent des alexandrins en français à son insu. Le persan exprime à merveille l'ambiguïté. Il dit dans une même phrase une chose et son contraire. Il décrit la vision du monde iranien, il raconte l'histoire du peuple iranien, de l'Iran, son passé, son présent. Il évoque ses contes, sa mythologie. C'est là, dans la langue, qu'on est iranien, que bat le cœur du peuple iranien. Pour s'imprégner du français, il fallait renoncer au persan, il fallait le reléguer dans le passé, le confiner, l'exiler dans la forteresse intérieure. Si « on ne se baigne jamais deux fois dans le même fleuve », comme le dit Héraclite, on ne se baigne pas en même temps dans deux fleuves non plus.

Le persan se taisait de plus en plus, battait en retraite. Les mots persans se faisaient rares, ils désertaient sans être remplacés par les mots français. De cet état résultait un vide, un mal de mots, un « no word's land ».

Un proverbe persan dit : « Celui qui veut imiter la démarche de l'autre ne fait que perdre la sienne. » Elle n'avait pas encore conquis le français et déjà elle perdait sa langue.

Le français se révéla la langue de la précision, de l'intransigeance, de l'exactitude. Avec sa grammaire aux structures implacables, elle se prêtait extraordinairement à la démonstration, à l'analyse. Elle était la langue même de la littérature. Une langue maîtresse, une maîtresse, une traîtresse. Il fallait se plier aux exigences des articles, obéir à la grammaire. Cette contrée inconnue s'ouvrait à Roxane et elle y avançait en tâtonnant.

Les premiers jours, royalement inconsciente, Roxane avait joui du bonheur de la rencontre, elle avait connu, reconnu candidement Paris. Mais désormais, chaque rue, chaque lieu, chaque passage contenait des mystères qui lui échappaient. Elle commençait à mesurer son ignorance.

En dépit de tous ses efforts, elle n'arriverait jamais à une véritable aisance, à prononcer la moindre phrase sans ressentir l'angoisse qui la tenaillait : la crainte des articles. Parfois elle s'excusait d'une faute qu'elle n'avait pas commise. De faute en maladresse, et de maladresse en catastrophe, elle apprenait le français. Elle continuait à s'acharner sur le *Petit Robert* et sur le Grevisse. Les maudissait, les haïssait. Ces deux livres détenaient un monde qui lui échappait. Elle ouvrait son cahier pour y noter un nouveau mot et constatait qu'il y était déjà. Décidément son acharnement ne servait à rien. Les mots dans son cahier n'étaient pas moins étrangers que dans le *Petit Robert*.

— Qu'ils aillent au diable, ces mots capricieux. Puisqu'ils ne veulent pas de moi, moi non plus, je ne veux pas d'eux.

Elle jetait son cahier et son dictionnaire dans un coin. Comment faire pour atteindre les mots ? Comment faire pour que les mots vous atteignent ?

Elle décida de commencer un journal intime. Raconter chaque soir sa journée, ses misères, peu importe, quelques lignes simples... Oui, raconter, ça l'aiderait sûrement à nouer un lien avec la langue. En outre cela pourrait avoir quelques effets thérapeutiques contre le dépaysement, la solitude, contre l'isolement plutôt. Qui sait ?

Elle se mit derrière sa table, devant une feuille blanche, toute une nuit blanche, crayon en main, fixant la lucarne. Elle avait de plus en plus d'insomnies. Elle resta jusqu'à l'aube devant la feuille blanche.

Aucun mot ne vint.

Elle se coucha.

Le lendemain, un jour férié, où il ne faisait ni froid, ni chaud, elle demeura la journée entière à attendre des mots qui ne vinrent pas. Elle avait passé des mois à étudier, à lire des livres, et les mots les plus simples se dérobaient à elle, à elle si indigente. Les mots l'abandonnaient. L'esquisse d'une pensée naissait, prenait de l'ampleur, une lueur d'espoir jaillissait, mais, faute de mots, elle s'évanouissait. Des sentiments mêlés naissaient, grandissaient, s'épanouissaient, s'épuisaient sans mots.

Les mots avaient déserté, fait place vide.

Il lui restait le rien.

Comment exorciser le vide, le rien ?

Roxane attendit des jours et des nuits le balbutiement des mots.

Les mots se refusaient à elle. Les mots lui faisaient des grimaces.

Pourtant c'est en français qu'elle avait vécu l'amertume de la solitude, c'est en français qu'elle avait enduré les souffrances de l'exil. C'est en français qu'elle avait supporté les exigences du français, souffert du français. C'est en français qu'elle s'était sentie humiliée, et c'est en français qu'elle souffrait du manque de mots...

Elle reprit ses cahiers, tourna les pages où elle avait copié et copié les mots et leurs significations, les verbes et leur conjugaison, les règles de la grammaire, les exemples, les exceptions... Et tout ça sans résultat. Dès qu'elle fermait ses cahiers, les mots français disparaissaient. Non, on ne s'enracine ni dans le *Petit Robert*, ni dans le Grevisse, ni dans les cahiers achetés au supermarché.

Roxane attendit, obstinée, des jours et des nuits devant l'indicible, telle une aphasique. Les mots ne lui collaient pas à la peau. Elle tomba malade. Elle avait de la fièvre et une douleur aiguë dans la gorge. Elle resta au lit. L'abattement avait amorti l'angoisse et la souffrance. Elle rendit les armes. Elle ne voulait pas d'une guerre avec la langue. Elle la savait perdue d'avance.

Elle voyait ressurgir la terreur du passé : l'angoisse du bégaiement, la dégradation, la déchéance des mots écartelés en syllabes, en lettres ébréchées au fond de sa gorge, qui allaient l'étrangler ; le mal de gorge ne pouvait pas mieux tomber. Elle vivait le bégaiement en silence, sans mots. Juste des sons étouffés.

— J'ai perdu.

Ce furent les trois premiers mots qui sortirent d'elle une nuit fiévreuse. Elle ressentait la perte, lame pointue d'un couteau qui lui perçait le cœur. Elle était perdue. Elle avait tout perdu, même ses illusions. Elle l'écrivit sur une feuille blanche : J'ai perdu.

— Oui Roxane, contre la vie, tout le monde perd, personne ne gagne.

Le lendemain matin, la feuille était là, dans son lit, froissée sous son corps.

Ce soir-là, Roxane était déprimée. Il lui arrivait de plus en plus souvent de se sentir déprimée. Les jours et les semaines d'effort et de courage finissaient en règle générale par l'abattement total. Tout en elle s'effondrait. Elle restait au lit. Avant l'étape finale se succédaient des disputes. Elle se querellait avec elle-même sous le regard de la troisième. Parfois, elle réussissait à échapper à l'inertie qui l'accablait.

— Quel sens a tout ça ? Pourquoi tant s'acharner ? Que veux-tu prouver ? Et à qui ? Pourquoi ne pas…

— Ne pas quoi ? Vas-y, continue, si tu peux faire mieux que moi, allez, le champ est libre, c'est ton tour, d'ailleurs je suis fatiguée, fatiguée de tout ; de toi, de moi-même, de la solitude, de la vie, de Paris. Je n'ai pas la vocation de conquérir le monde dans ma vie…

— Arrête de râler, de croire que tu es la seule à souffrir, à te sentir différente des autres, à être seule, à ne pas savoir pourquoi tu vis, c'est le lot de toute vie. C'est comme ça, la vie : il y a des hauts et des bas, il y a des tristesses, parfois même sans raison. Allez, lève-toi, lis un peu Omar Khayyâm, ça te fera du bien. Allez, endure, sois dure, sois dure, Roxane, demain sera un autre jour, la vie n'est pas finie ; c'est normal de déprimer un dimanche soir, toute seule dans une chambre de bonne, sans télé. Tu as raison, c'est plutôt humain.

Elle s'était résolue à relire les *robayyât* d'Omar Khayyâm.

« De ma venue, l'univers n'a tiré aucun profit
Mon départ ne changera rien à sa splendeur
ni à sa gloire
Et je n'ai jamais entendu quiconque dire
Pourquoi cette venue et pourquoi ce départ »

On frappa à sa porte.
— Qui est-ce ? demanda Roxane, on ne peut plus étonnée.
— C'est Kim.
Depuis la rencontre fugitive dans l'escalier avec la fille blonde aux éclats de rire heureux, plusieurs mois s'étaient écoulés. Roxane pensait de moins en moins à Kim, non qu'elle l'eût oublié, mais elle avait accepté d'avoir perdu l'amant coréen sans même l'avoir connu. Elle croyait que Kim était une histoire ancienne, une histoire imaginaire qui s'était évaporée et avait disparu.
Et non. Elle était encore là, cette histoire ! On a tort de croire que les amours imaginaires sont moins importantes que les amours réelles,

qu'elles nous font moins souffrir, qu'elles nous mettent à l'abri. Le cœur de Roxane, qui se trouvait, il y avait juste quelques instants, dans un état végétatif, se mit à battre. Elle se leva et dit seulement :

— Oui ?

Elle restait plantée là, debout, sans ouvrir, se demandant si elle n'avait pas imaginé le coup à sa porte et la voix de Kim. Pour vérifier que la voix était bel et bien réelle derrière la porte, elle redemanda :

— Oui, qui est-ce ?

— C'est Kim, votre voisin.

Qu'il fût son voisin, elle n'en doutait pas, mais qu'il fût là, derrière la porte...

La voix de l'être aimé a un pouvoir tel qu'il peut vous ramener à la vie. Une phrase somme toute anodine, « c'est Kim, votre voisin », avait réussi à empourprer les joues anémiques de Roxane. Elle oublia ses problèmes métaphysiques.

— Oui, un instant, j'ouvre.

— Bonsoir, je vous dérange peut-être ? dit l'élu en faisant le signe de tête qui lui était habituel.

— Non, non, pas du tout, sauf que je ne m'attendais pas à...

Elle s'exprimait déjà beaucoup mieux. Et c'est ce que Kim lui dit.

— Vous parlez bien le français, maintenant.

— Oh, non, je fais toujours beaucoup de fautes, mais bon...

— Si, si, vous êtes plus à l'aise.

114

— Un peu, dit-elle, pensant : qu'est-ce qu'il veut ? Il est juste venu vérifier mes progrès en français ?

Puis elle se souvint des cassettes.

— Ah ! Vous voulez peut-être récupérer vos cassettes ? Excusez-moi, j'aurais dû penser à vous les rendre, dit-elle en se retournant pour chercher les cassettes sur l'étagère.

— Non, non, j'ai vu la lumière allumée, je vais me promener, je me demandais si vous voudriez m'accompagner.

Roxane le regardait, ne sachant que répondre.

Quelques mois après une rencontre aussi catastrophique que fugitive dans l'escalier, votre voisin, pour qui vous avez un béguin – plus qu'un béguin – vous invite à une promenade à onze heures du soir. Que répondre ? « Je suis désolée, je suis fatiguée, j'allais dormir… » et puis regretter aussitôt cette stupide fierté ? Ou : « Donnez-moi quelques minutes et j'arrive… » ?

Que répondre ?

Roxane n'en savait rien. Se promener avec Kim dans les rues de Paris, comme elle l'avait fait des dizaines de fois dans ses rêves, c'était sublime, mais… n'était-il pas plus sage d'en rester aux rêves ? Elle contemplait son visage ; elle en avait oublié les traits réguliers, elle regardait toujours le spectacle de cette beauté divine, immobile sur le seuil de la porte, lorsqu'il reprit en souriant :

— Vous ne savez que répondre.

Ce sourire érotique, ces fossettes magnifiques firent craquer Roxane.

— Si, je sais ! J'arrive.

Ils descendirent les escaliers, comme Kim l'avait fait l'autre fois avec la fille blonde. Ils marchèrent jusqu'au boulevard Saint-Michel, puis remontèrent vers le quartier Latin et s'engagèrent dans la rue Mouffetard. Sans parler, sans se prendre la main, sans se toucher, sans se regarder, ils marchaient côte à côte ; chacun savait que l'autre était là et ça suffisait. Il faisait doux. Ils marchèrent dans un silence partagé, dans une solitude partagée.

— Voulez-vous prendre un verre ?

— Oui, avec plaisir.

Ils étaient assis devant deux verres de bière mousseuse, face à face, dans un bistro de la place de la Contrescarpe. Ils se regardaient de temps à autre, timidement. Leurs verres étaient déjà à moitié vides lorsque Kim regarda Roxane et lui dit :

— Je pars demain. Je rentre en Corée.

— Définitivement ?

— Oui. Je voulais vous dire au revoir.

— Pourquoi ?

— Pourquoi quoi ?

— Pourquoi me dire au revoir, je veux dire... on ne s'est vus qu'une fois.

— Oui, je sais... Mais je voulais vous dire aussi qu'une amie à moi va occuper la chambre, elle va venir de Corée pour apprendre le français à Paris.

— Alors je lui donnerai vos cassettes.

— C'est gentil.

— Vous regretterez Paris ?

— Oh oui, mais Séoul est une belle ville aussi.

Au retour, ils optèrent pour le silence. C'était une nuit de pleine lune. En persan, pour décrire un beau visage, on le compare à la lune, on dit littéralement d'un beau visage : c'est un visage de lune, beau comme la lune. En regardant la pleine lune, Roxane pensa à ce poème qui dit :

... La lune, téton du sein de la nuit, est le grand amour du Diable, c'est pour cela qu'elle fascine l'homme...

Devant la porte numéro sept – la chambre de Roxane –, ils se dirent au revoir, sans se serrer la main, sans s'embrasser.

— Bonne chance.

— À vous aussi.

Cette histoire, si on peut l'appeler une histoire, arrivait à son épilogue. Mais dans la chambre numéro quatre, l'après-midi où Kim lui avait offert le thé, sans doute Roxane avait-elle connu comme jamais le bonheur de la rencontre.

Le départ de Kim fit un vide pour Roxane. Le savoir à quelques portes de chez elle, même si elle ne le voyait pas, lui réchauffait le cœur. Elle avait du mal à l'imaginer en Corée, noyé parmi tant de Coréens.

À Paris, il se distinguait de tout le monde.

Le couloir du sixième étage, sans Kim, paraissait bien triste. Son départ faisait sentir davantage à Roxane sa solitude. Elle se rendit compte que durant tous ces mois, à chaque fois, dans le couloir, sans se l'avouer, elle avait espéré le croiser.

Roxane était née à sept mois, fort fragile. Personne ne pensait qu'elle survivrait. Dans le village où elle était née, un enfant sur trois, même bien constitué, mourait avant l'âge de deux ans. Précocement née, elle fut souvent malade pendant ses premiers mois. Très affaiblie, alors qu'on la croyait condamnée, en dépit de toute attente, à chaque fois, étonnamment, l'enfant revenait à la vie.

Résolument, elle était déterminée à vivre.

Elle avait un peu moins d'un an lorsqu'on l'emmena à Téhéran. À l'image de sa naissance, elle resta naturellement tenace : précoce et impatiente, forte et fragile, elle était imprévisible.

À trois ans, Roxane trouvait savants ses neveux et ses nièces qui savaient lire et écrire. Elle les enviait. À cinq ans, en quelques jours, elle apprit l'alphabet. Puis elle commença à lire le manuel persan de ses neveux et de ses nièces. Elle lisait tout ce qu'elle trouvait, parfois même les journaux. C'était prodigieux de savoir lire. C'était magique. À six ans, dès qu'elle commença la première année de l'école primaire, elle faisait les devoirs de ses neveux en échange de quelques billes.

Les négociations se menaient à voix basse, secrètement, presque en chuchotant.

— Je t'en donne quatre.

— Quatre c'est trop peu.

— Alors cinq.

— Non six.

— Cinq.

— Six.

— D'accord six, mais tu feras tous mes devoirs.

— Donne les billes d'abord.

— Non, je te les donnerai une fois que t'as fait mes devoirs.

— Non, je les veux d'avance.

Elle avait le dernier mot, mais, une fois les devoirs terminés, les billes qu'elle avait gagnées, elle les perdait aussitôt en jouant avec le même neveu.

Arash, un intello qui lisait beaucoup, et Arman, un cancre qui jouait beaucoup aux billes, étaient deux des neveux de Roxane. Le premier avait six ans de plus qu'elle et le deuxième trois ans. Roxane aimait beaucoup Arash et ses livres, Arman et ses billes.

Elle empruntait parfois les livres de l'un et les billes de l'autre, à leur insu.

— Ce ne sont pas des livres de ton âge, lui disait Arash, en arrachant son livre à chaque fois qu'il la surprenait dans un coin un livre sous les yeux.

— Une fille ne joue pas aux billes, lui disait Arman en reprenant ses billes.

Elle n'avait jamais l'âge qu'il fallait. Elle avait l'âge le plus difficile, et ce d'aussi loin qu'elle s'en souvînt. Ni assez grande, ni assez petite, elle avait toujours le mauvais âge ; ou alors elle était une fille et une fille ne faisait pas du tout ceci ou cela.

— Une fille ne saute pas comme ça – ne monte pas à un arbre – ne descend pas les escaliers en glissant sur la rampe – ne joue pas aux billes – ne joue pas avec les garçons dans la rue – tu n'es pas assez grande pour ça – tu n'es plus une enfant – ce n'est pas de ton âge... entendait-elle souvent.

— Mais qu'est-ce qu'il a mon âge ? aurait-elle bien voulu demander, mais ces choses-là ne se discutaient pas, elle le savait.

Puisque les adultes ne la comprenaient pas et ne respectaient pas ses désirs, elle décida de ne pas comprendre les adultes, de ne pas respecter leurs désirs et d'agir à sa guise.

— Elle est ingérable, cette enfant. Elle est intraitable, cette enfant.

Elle redevenait à nouveau une enfant, alors que quelques minutes plus tôt, justement, on lui avait affirmé sur un ton de reproche :

— N'oublie pas, tu n'es plus une enfant.

— Les adultes sont pleins de contradictions, se disait-elle.

Roxane passait d'une maison à l'autre. Elle avait grandi tantôt chez une de ses sœurs, tantôt chez une autre et tantôt chez elle. Elle n'avait vraiment rien compris à ce que c'était qu'avoir une famille : un père, une mère, des frères et des sœurs.

— Et pourquoi elle est toujours chez nous, et le monsieur Pacha Khân, au lieu de passer ses journées à fumer de l'opium, il ne pourrait pas s'occuper de son enfant ? s'était révolté Arman un jour en arrachant ses billes des mains de Roxane.

La sœur de Roxane gronda son fils :

— Je t'interdis de parler comme ça, d'être irrespectueux avec mon père...

Roxane avait six ans. Depuis un an que Pacha Khân revenait souvent à la maison, elle s'était doutée qu'il y avait quelque chose entre cet homme mystérieux et elle. Bien que Pacha Khân fût très âgé, elle s'était doutée que c'était lui son père, elle l'avait su mais sans le savoir vraiment. Elle l'avait senti.

À cet instant-là, elle en fut certaine. Monsieur le Pacha Khân était bel et bien son père, même s'il avait l'âge d'être son grand-père, voire son arrière-grand-père.

Roxane non plus n'aima pas qu'on parlât sans respect de son père :

— Et n'oublie pas que je suis ta tante quand même, dit-elle à son morveux de neveu qui se permettait tout.

Elle apprit par la suite à tirer profit de sa situation inconfortable : bien qu'elle fût plus jeune que ses neveux et ses nièces, elle leur rappelait qu'ils n'étaient pas de la même génération, qu'elle était la fille de Pacha Khân et qu'ils lui devaient le respect, car elle était leur tante.

La maison, ancienne, était divisée en plusieurs parties ; la chambre de Pacha Khân, au bout de la cour, constituait un lieu interdit. Roxane restait à l'affût : dès que la porte s'ouvrait, elle s'approchait de l'antre du père.

Cet homme, d'un physique toujours impressionnant malgré son âge, et marchant à l'aide d'une canne, intriguait fort Roxane. Elle se mit à l'observer.

Depuis plus de quinze ans, Pacha Khân fumait beaucoup, quatre à cinq fois par jour de l'opium et trois à quatre paquets de Winston. Il était souvent de mauvaise humeur, colérique, et souffrait encore des séquelles de ses blessures.

Roxane avait toujours entendu parler de cet accident qui avait eu lieu dix ans avant sa naissance, à tel point que la vue de son père marchant à l'aide d'une canne était inséparable pour elle de l'image de la voiture tombée dans un ravin.

— Il a échappé miraculeusement à la mort, disait-on souvent.

Elle aussi, elle avait échappé miraculeusement à la mort, ne cessait-on de répéter.

Roxane, sans avoir approché son père, et tout en le craignant, car il avait une allure bien sévère, se sentait très proche de lui.

N'avaient-ils pas su, tous les deux, survivre à la mort ?

Un jour, elle osa. Elle entra dans la chambre du père, alors que celui-ci était sorti. La pièce était enfumée. L'odeur de l'opium et des cigarettes faisait tourner la tête. Sur un brasero, des braises de charbon brillaient sous la cendre ; à côté, sur un plateau métallique, étaient posées plusieurs *bâfur*, pipes à opium, et une grande paire de pinces. Un tapis couvrait le sol et, devant le brasero, de multiples coussins, petits et grands, avaient formé un nid ; des journaux étaient dispersés ici et là, la radio était restée allumée à bas volume ; sur la malle en bois, il y avait quelques grands livres, à la reliure en cuir et aux dessins magnifiques.

Elle prit au hasard le livre de Saadi, le poète-philosophe du XIIIe siècle, et s'assit à la place du père. Elle se trouva fort bien, entourée de coussins. La chaleur des braises était agréable. Elle ouvrit le livre sur ses genoux.

Pacha Khân rentra dans la chambre et referma la porte.

— Vous lisez ce livre ? demanda Pacha Khân, amusé de voir le grand livre de Saadi ouvert sur les genoux de Roxane qui avait pris sa place devant le brasero.

Roxane se leva.

— Ne vous levez pas, vous pouvez rester, ma fille.

Pacha Khân vouvoyait ses femmes, ses enfants, ses petits-enfants, et tout le monde le vouvoyait.

Roxane obéit. Elle se rassit.

— Vous savez lire Saadi ?

— Oui, répondit Roxane, fièrement, prête à tout pour impressionner son père.

— À votre âge, vous savez lire Saadi ! répéta Pacha Khân, souriant.

— Oui.

— Alors je vous écoute, dit-il en prenant place à côté de sa fille.

Roxane ouvrit à nouveau le livre et commença ainsi :

« Ce bas monde est fondé sur l'onde ; les humains sont jouets du vent ; je suis donc l'humble serviteur de qui ne s'y attache point. Le palais des biens d'outre-tombe doit être ton tombeau suprême ; vois donc si le sol est solide lorsque tu te mets à construire. Ce bas monde n'est point durable ; heureuse donc l'âme d'un homme dont il subsiste après sa mort un bon souvenir ici-bas ! »

Pacha Khân embrassa Roxane, la prit sur ses genoux et lui dit :

— Vous êtes très intelligente, ma fille, la plus intelligente des filles. Dites-moi, comprenez-vous le sens de ce que vous lisez ?

Après un moment d'hésitation et d'une voix qui tremblait d'émotion, Roxane répondit :

— Je ne sais pas.

Le père embrassa à nouveau sa fille, la serra dans ses bras.

126

— Vous êtes la plus intelligente de tous mes enfants et vous irez très loin, ma fille.

Que c'était bon d'entendre Pacha Khân dire « ma fille » ! Grâce à Saadi, Pacha Khân avait enfin « reconnu » Roxane.

— Donnez un baiser à votre vieux père, ma fille.

À partir de ce jour, de temps à autre, pour des séances de lecture, Pacha Khân demanda Roxane. Il prenait un vrai plaisir à écouter sa fille et Roxane adorait ces moments d'intimité avec lui.

Un jour, rentrant de l'école, Roxane, qui rôdait comme d'habitude dans la cour, vit que la porte de la chambre était restée ouverte : les coussins et le brasero avaient disparu.

Pacha Khân était reparti.

Roxane ne lut plus le livre de Saadi.

Au cours de civilisation française, on enseignait un extrait des *Lettres persanes*. Roxane s'interrogea :

— Comment un écrivain français du XVIIIe siècle, sans avoir jamais voyagé en Iran, a-t-il pu se glisser dans la peau des Persans et surtout des Persanes enfermées dans un harem ?

Sa curiosité était piquée. Elle se mit à lire les *Lettres persanes*. Elle entreprit de les étudier attentivement. Elle lut et relut le livre. Depuis l'échec du journal intime, elle avait rédigé quelques dissertations, mais elle n'arrivait pas encore à écrire à sa guise en français.

En pleine nuit, pendant une insomnie, elle eut une idée : écrire à Montesquieu !

— Oui, pourquoi ne pas écrire à Montesquieu ? s'exclama-t-elle.

— Encore une de ces idées farfelues qui paraissent une révélation à des heures pareilles, s'objecta-t-elle, à propos, à quelle heure Mahomet a-t-il eu sa révélation, enfin, la Révélation ? Bon. Il est temps de dormir.

Mais le lendemain matin, elle était encore là, l'idée farfelue ; depuis qu'elle avait jailli dans sa tête, folle et obsédante, elle ne la quittait plus. Tantôt elle la trouvait déraisonnable, tantôt on ne peut plus raisonnable.

— Une pareille idée n'a pas de sens, se disait-elle.

— Et pourquoi n'aurait-elle pas de sens ? Les choses ont le sens qu'on leur donne, se répondait-elle.

Qui saurait mieux l'écouter, mieux la comprendre, que Montesquieu ? Ne l'avait-il pas inventée, avant même sa venue au monde ? Peut-être même qu'elle n'aurait jamais existé réellement aujourd'hui si Montesquieu ne l'avait pas imaginée. Et si elle avait existé, il y avait trois siècles, elle n'aurait été autre que la Roxane de Montesquieu, la Roxane insoumise, se dit la Roxane raisonneuse.

Elle se décida à écrire des lettres à Montesquieu. Puis se dit, dans la solitude d'une autre nuit d'insomnie, qu'elle ne pouvait se permettre de déranger un si grand esprit avec ses histoires, mais elle pensa ensuite que, là où il se trouvait, monsieur de Montesquieu ne devait pas recevoir beaucoup de courrier. En outre, apprendre que sa créature imaginaire était devenue un être réel après trois siècles lui ferait sûrement plaisir. Sa Roxane rebelle, indépendante, empoisonnée en 1720, ressuscitée en 2000 à Paris !

Voilà le miracle de l'imagination !

Après des jours de discussions et de controverses intimes, elle se décida pour de bon. Quelque folle que fût cette idée, elle avait ses raisons d'être, ses raisons de naître, et il faudrait savoir en accoucher, l'accompagner et l'accomplir. Oui, elle écrirait à Montesquieu, peu importaient les trois siècles qui les séparaient.

Ne lui avait-il pas fait écrire des lettres, lui ?

Dans la dernière lettre de Roxane, celle par laquelle les *Lettres persanes* s'achevaient, dans cet esprit révolté dont la plume de Montesquieu avait doté le personnage de Roxane, dans cet esprit-là Roxane se reconnaissait, si bien qu'on aurait pu croire que les deux Roxane ne faisaient qu'une, mais vivant à trois siècles d'intervalle dans des conditions différentes. La première, dans la tête, sous la plume de Montesquieu en 1720, la Roxane imaginaire, et la deuxième en 2000, la Roxane réelle.

Roxane depuis sa plus tendre enfance n'avait jamais tranché entre l'imaginaire et le réel. Il lui avait toujours semblé que la vie était faite de choses réelles et imaginaires et qu'aucun de ces deux mondes ne pourrait exister sans l'autre.

Tout ce qui existait dans ce bas monde avait d'abord été rêvé. Sa rencontre avec Montesquieu n'était sûrement pas un pur hasard, ou alors c'était un curieux hasard et, comme on dit, le hasard ne laisse jamais rien au hasard, il sait bien arranger les choses.

Il faut donc être à la hauteur du hasard, conclut Roxane.

Mon cher Montesquieu…, commença Roxane.

Puis elle pensa que ce serait trop familier que de commencer la première lettre ainsi. Alors elle déchira la feuille et recommença.

À Monsieur le magistrat Charles de Secondat de Montesquieu…

Cela lui parut beaucoup trop cérémonieux et officiel. Elle déchira la feuille et recommença à nouveau.

À mon grand maître Montesquieu,
— Non, trop obséquieux…

À mon vénérable Monsieur Montesquieu…
— Le possessif « mon », c'est peut-être de trop.

Elle déchira la feuille, en prit une nouvelle et recommença.

Cher Monsieur Montesquieu…
— Trop insipide et administratif…

Elle déchira à nouveau la feuille et en prit une vierge. Il fallait trouver un langage approprié pour une lettre si particulière. Oui, c'est ça, un langage approprié, mais lequel ? Elle n'était pas plus avancée. Elle essaya des formulations différentes : cordiale, admirative, respectueuse, simple, sophistiquée, formelle, informelle... mais aucune ne lui convint. Elle déchira vingt-deux feuilles et elle ne savait toujours pas comment débuter sa première lettre.

Comment commencer ?
C'était si difficile de s'adresser à quelqu'un qui vous avait imaginée bien des siècles avant votre venue au monde, comme s'il vous avait faite. Vous étiez en quelque sorte sa création ; le fruit de son imagination. Vous étiez en quelque sorte sa progéniture. Sa progéniture, oui c'était ça, sa progéniture.

Elle se donna la liberté de commencer ainsi :
À mon cher géniteur, Monsieur de Montesquieu, et débuta enfin sa première lettre.

Lettre I

À mon cher géniteur, Monsieur de Montesquieu,

Cela vous surprendra au plus haut point de recevoir, après trois siècles, des nouvelles de votre créature imaginaire, Roxane. Cher Monsieur, je suis une jeune femme persane, nommée Roxane ! Et je vis depuis un an dans votre pays. Pour votre information, nous sommes en l'an 2000, oui, ça vous paraît invraisemblable, et pourtant c'est vrai. Auriez-vous pu penser, cher Montesquieu, il y a trois siècles, lorsque, pour déjouer les représailles de l'Église et du Roi, vous faisiez tenir votre merveilleuse plume par vos Persans imaginaires, qu'un jour, une vraie Roxane pourrait lire à Paris la magnifique satire de la France et de l'Orient que sont vos *Lettres persanes* ?

Puisque vous m'avez si bien imaginée, si bien créée, dans vos lettres, il me revient de vous imaginer à mon tour, vous sans qui il me plaît de croire que je n'aurais peut-être jamais existé.

Je suis née en Azerbaïdjan et j'ai grandi à Téhéran. J'ai quitté mon pays à l'âge de vingt-trois ans. Je suis loin d'être le premier Persan que le régime des mollahs ait fait fuir l'Iran.

Trois siècles après les *Lettres persanes*, le spectacle de la vie parisienne surprend, séduit et charme encore une enfant de la Perse. Paris a quelque chose de fort singulier que j'ai du mal à nommer. La sensualité, le raffinement et l'élégance sont peut-être les mots qui conviendraient le mieux.

Mon étonnement ne fut pas moins grand que celui de votre Usbek et de votre Rica (ma tendresse va spontanément à Rica, qui a le regard acéré, l'humeur joyeuse et le scepticisme allègre) de voir la liberté des femmes en Occident.

Du jour où je suis arrivée à Paris, j'ai su, non d'où je venais (je n'avais pas besoin de la France pour comprendre l'horreur d'un régime où j'ai grandi et qu'elle a naguère aidé à faire naître en abritant son principal instigateur), mais d'où j'aurais pu ne pas avoir à partir si la démocratie était un tant soit peu présente sur la terre entière.

Comme vos Persans imaginaires, je ne peux m'empêcher de comparer les conditions de vie et les coutumes en France avec celles de mon pays. Les mœurs en Iran ont peu évolué. L'Iran d'aujourd'hui a encore du retard par rapport à la France de votre époque. Et la France d'aujourd'hui a fait sa révolution. Elle a trois siècles d'avance par rapport à votre époque ; imaginez donc l'écart entre les deux pays. Cet écart est si grand que les changements me font tourner la tête. La liberté d'expression, la liberté sexuelle, la liberté des femmes, le mode de vie, l'éducation des enfants, la mentalité des gens, le progrès des sciences, de l'art, tout est différent de mon pays. Je me demande : est-ce bien la même terre qui nous porte ? Est-ce bien le même ciel qui nous entoure ?

En Iran, les gens ne sont point tels qu'ils sont, mais tels qu'ils sont contraints d'être. L'éducation, toujours dogmatique, veut que les cousins ressemblent aux cousins, les cousines aux cousines, les voisins aux voisins et ainsi de suite… La nature humaine, qui s'épanouit sous tant de formes, est réduite à la servitude, la servitude du corps et de l'esprit. On ne vit que sous le voile de la dissimulation, tout se tait, tout se cache.

Cher Montesquieu, vous auriez du mal à imaginer le nombre de gens qui ont travaillé sur vos *Lettres persanes* aux quatre coins du monde. Je ne saurais vous les énumérer, tant la liste est longue, mais je tiens à nommer un monsieur fort estimé, Jean Starobinski, dont l'analyse m'a permis de mieux comprendre vos écrits. « Le despotisme érotisé », que vous décrivez à travers les lettres et qu'analyse si bien Jean Starobinski, domine toujours les pays musulmans. Dans une situation misérable et désastreuse, nul n'est capable de devenir le maître de son destin et cela est encore plus vrai lorsqu'il s'agit des peuples.

Il est possible que même Sigmund Freud, le père de la psychanalyse, vous ait lu avant d'écrire *Malaise dans la civilisation* et de formuler ses théories sur la sexualité.

J'aspire à prendre exemple sur la liberté d'esprit avec laquelle vous critiquez les dogmes des religions monothéistes et les abus des dictatures. Mes moyens linguistiques étant restreints en français, je me permettrai de pasticher parfois vos écrits et de vous emprunter une langue que je ne possède pas encore.

J'espère que vous ne m'en voudrez pas de ma familiarité si je vous appelle Montesquieu. Tout le monde vous nomme ainsi, c'est la coutume de l'époque.

Une Persane à Paris, Roxane !

PS : Si j'avais un quelconque pouvoir, j'aurais fait étudier vos *Lettres persanes* dans tout l'Iran, que dis-je dans tout l'Iran, dans tous les pays musulmans.

Une fois la lettre terminée, Roxane ne sut où l'envoyer. Après un long moment de réflexion, elle nota son nom et son adresse au dos de l'enveloppe, puis regarda dans l'annuaire et choisit au hasard une adresse qu'elle copia sur l'enveloppe.
187 rue de Vaugirard
75015 Paris.
Et comme destinataire elle écrivit : Monsieur Charles de Montesquieu. Elle allait timbrer l'enveloppe... mais elle la déchira. Elle se plongea dans l'examen de l'annuaire à la recherche d'une adresse plus... moins quelconque.
Quelle adresse choisir ? Elle décida de choisir des adresses selon ses lectures du moment ! Elle envoya sa première lettre au :
7 rue Montesquieu
75001 Paris.

Pour chaque lettre, par la suite, elle choisit une nouvelle adresse. Le nom d'une rue, d'un écrivain dont elle lisait l'œuvre.

Ainsi, une fois par mois, elle envoyait une lettre à Monsieur Charles de Montesquieu et, une fois par mois, elle recevait une lettre. Une lettre sur l'enveloppe de laquelle figurait le nom de Monsieur Charles de Montesquieu, accompagné de la mention :

N'HABITE PAS À L'ADRESSE INDIQUÉE.

RETOUR À L'ENVOYEUR.

Lettre II

Monsieur Charles de Montesquieu
5 rue Molière, 75001 Paris.

Cher Montesquieu,

Paris est une ville en mouvement, plus que jamais. Les Parisiens courent toujours aussi vite. Pour vivre à Paris, c'est vrai, il faut savoir courir, mais les coups de coude dont se plaignait Rica ont disparu. Les Parisiens sont fort distingués et civilisés. Il est impossible de ne pas se plaire à Paris. Je me plais beaucoup dans votre pays.

Paris est une fête, a écrit Hemingway, un écrivain américain. Et, comme vous le dites, Paris est la patrie commune de tous les étrangers.

Mon arrivée à Paris fut un miracle. Quoi ? Nulle fatalité ne condamnait les femmes à se dissimuler dans l'ombre étouffante du voile ? On pouvait à loisir se promener où l'on voulait quand on voulait ? Aucune police des mœurs ne décidait à votre place de ce qu'il vous était loisible de dire ou de faire ? Il faut avoir connu les rigueurs de l'obscurantisme pour apprécier à leur juste valeur les joies simples de la vie quotidienne, dont ceux qui n'en ont jamais été privés, à mesure qu'ils en perdent la saveur, oublient la nécessité. Marcher tête nue sous la bruine d'automne ou au premier soleil du printemps, prendre un verre à la terrasse d'un café, faire la queue à la porte d'une salle de spectacle en bavardant avec ses voisins sans considération de leur sexe, se laisser aller, chantonner, rêver, prendre le bras de celui qui vous plaît et, pourquoi pas ? l'embrasser en public sans gêne particulière : toutes ces attitudes, tous ces gestes qui paraissent naturels aux jeunes Parisiennes d'aujourd'hui sont impensables dans le pays d'où je viens, le pays de la peur et de la honte.

Il ne m'a pas fallu longtemps, cher Montesquieu, pour apprécier cette liberté nouvelle. Il me faudra du temps, je le crains, pour apprendre à en jouir pleinement, tant sont fortes les habitudes et les inhibitions inculquées par la force d'une éducation archaïque, mais au moins me suis-je accoutumée peu à peu à ne plus craindre le regard d'autrui et même à n'y plus trop porter attention, à respirer plus librement et à vivre, enfin, sans que revienne à chaque instant me hanter la menace des gardes de la morale islamique.

En Iran, les plaisirs et les joies sont toujours graves et sévères, et on n'y goûte qu'en risquant d'être puni par l'autorité. Ni les femmes ni les hommes n'ont la gaieté des Français. Ils n'ont point de liberté d'esprit. La vraie amitié n'existe plus. Les gens sont retirés dans leur famille et, même dans leur maison, ils n'ont point la liberté de goûter aux plaisirs de la vie.

Les femmes ne naissent toujours pas libres dans les pays musulmans. Elles restent soumises à la nécessité de leur condition, établie par les dogmes. Les fillettes sont souvent voilées dès l'âge de six ans car, aux yeux des religieux, il n'est jamais trop tôt pour priver les êtres de la liberté. Incapables de se dérober à la garde qui les entoure, les femmes n'existent qu'à l'image de ce qui est prescrit et ne peuvent choisir leur vie. Dès leur plus jeune âge, elles sont contraintes de feindre la bigoterie ; et, à force de la feindre, elle leur vient réellement.

Elles sont toujours obligées à une continence forcée, entravées dans leur épanouissement sexuel, physique, psychique et intellectuel. Les femmes grandissent dans une affligeante virginité. Ne pas être vierge est un crime impardonnable. Aucune femme non mariée n'oserait annoncer dans un pays de l'islam qu'elle n'est pas vierge, de peur d'être tabassée ou lapidée. Le cœur, le désir et la liberté n'ont aucune part dans l'amour.

Plus je vous lis, plus j'aspire à vous écrire.
Votre Roxane à Paris.

PS : J'aime beaucoup la façon dont vous appelez les religieux de l'islam « mollaks », peut-être que c'était l'usage de l'époque en Occident, mais aujourd'hui cela sonne péjoratif, ce dont je me délecte. En Iran abondent les mollaks de tous poils.

Lettre III

Monsieur Charles de Montesquieu
61 avenue Montaigne, 75008 Paris.

Mon cher Montesquieu,

Alors que je commençais à suivre les cours à la Sorbonne, il y a quelques mois, je me suis trouvée un jour dans une assemblée où il y avait des gens érudits et bien avisés ; ils parlaient de Montaigne, de la sagesse de ses *Essais* et de sa grande amitié avec monsieur de La Boétie, de l'admiration de monsieur Voltaire pour Montaigne et de la haine de Monsieur Pascal contre Montaigne. Imaginez la grandeur de mon ignorance, car je me disais tout bas en les écoutant et sans tout comprendre bien sûr : qu'un homme puisse avoir de l'amitié pour une montagne est tout à fait concevable, qu'un autre ait pour elle de l'admiration ou encore de la haine, bien que cela soit fort bizarre, reste recevable, mais comment la montagne peut-elle posséder de la sagesse, une sagesse intrinsèque ? À deux reprises, j'ai failli les questionner et leur dire que je ne comprenais rien à tout ce qu'ils racontaient, mais heureusement ma sottise était limitée puisque j'optai pour ne point parler. Lorsque le soir, assez tard, je suis rentrée chez moi, fort intriguée par tant de discussions enflammées au sujet des montagnes, je me suis acharnée sur les deux dictionnaires, le *Petit Robert* et le *Robert des noms propres*. Effectivement, comme je l'avais imaginé, je n'ai pas trouvé la moindre trace de sagesse dans la description de la montagne, mais j'ai remercié ma prudence lorsque j'ai découvert le nom du grand écrivain que fut Montaigne.

Voilà comment on peut faire la connaissance d'un stoïcien.

Mieux vaut une tête bien faite qu'une tête bien pleine, dit Montaigne, mais la mienne était trop vide.

Depuis cet incident, je me familiarise avec les écrivains de votre pays en tâtonnant. J'avais lu en Iran quelques grands classiques traduits en persan, mais mes lacunes étaient immenses, j'ai décidé de prendre mon destin en main. Je me suis donc acheté une mine d'or : la collection des manuels Lagarde & Michard du Moyen Âge jusqu'au XXe siècle. N'est-ce pas que c'est inouï ? Je les ai trouvés d'occasion, dans la boutique d'un ancien libraire chez qui je vais souvent. Constatant l'ampleur de mon ignorance, il me les conseilla. J'étudie chaque jour des dizaines de pages, et chaque jour j'apprends de nouvelles choses, je fais la connaissance de nouveaux génies. Bientôt, j'aurai une culture générale convenable en littérature et en philosophie. Je ne peux m'empêcher de lire en désordre. J'ai commencé par les auteurs du XVIIᵉ que je connaissais déjà, comme Molière, Corneille, Racine, Descartes, La Fontaine, dont certaines fables m'ont rappelé des fables en persan. J'ai lu des textes de Monsieur Pascal, l'exemple même de la rigueur et de la démonstration. Il est vrai qu'on ne peut pas ne pas admirer la langue de Pascal et la force de son argumentation, mais ma prédilection va aux auteurs plus hérétiques du XVIIIᵉ, tels que vous-même, Monsieur Diderot et Monsieur Voltaire dont la langue n'est pas moins admirable que celle de Pascal.

Pascal est un peu sévère. J'ai senti, je crois, l'ironie et la force de ses *Provinciales*, mais, comment dire ? je suis gênée par ses ardeurs mystiques. J'ai lu des extraits de ses *Pensées*. Je ne sais qu'en penser. Certaines de ses formules sont rudes et, hélas ! fort convaincantes (« Le cœur de l'homme est plein d'ordure ») mais faut-il en conclure que la vie n'est rien ? Décidément, j'aime mieux Monsieur Voltaire et le XVIIIᵉ siècle. Je ne sais s'il est possible d'être heureux sur cette terre, j'en doute, mais je préfère les auteurs qui essaient de m'en persuader à ceux qui me parlent de Dieu avec une mine lugubre et des accents passionnés comme s'ils le connaissaient de près, le voyaient tous les jours et s'exprimaient en son nom.

« Le même pays produit un Pascal et un Voltaire », souligne Paul Valéry.

Je lis, comme je vous l'ai dit, en désordre, je passe d'un siècle à l'autre, d'un auteur à l'autre avec une légèreté qui pourrait paraître déconcertante. C'est que je suis une femme impatiente, émotive, dispersée au plus haut point et irrémédiablement indisciplinée. Ce ne sont pas des qualités, je le sais, mais je pense qu'il est trop tard, à vingt-cinq ans passés, pour tenter de m'éduquer. J'ai tant à apprendre, je souffre de mes insuffisances, mon inculture m'attriste. Les filles françaises de mon âge savent beaucoup de choses que j'ignore. Pour me consoler, je me dis chaque soir que je suis un peu moins ignorante que la veille : piètre consolation.

Justement il est temps de me coucher. Je vous abandonne, monsieur, je reprendrai ma lettre demain...

... Je n'ai donc pu m'empêcher d'aller jeter un coup d'œil à droite et à gauche, en enjambant les siècles, pour me défaire de quelques ignorances criantes ou pour retrouver des auteurs à peine entrevus un jour ou l'autre et dont telle ou telle phrase, tel ou tel vers, saisis au vol, m'avaient aisément persuadée que je devrais mieux les connaître.

Montaigne d'abord, dont le nom est lié pour moi à ce souvenir cuisant que je vous ai conté. Je n'ai pas étudié le latin et le grec ; ses citations ne me sont pas familières et sa langue est ancienne. Mais je commence à percevoir quelque chose de sa sagesse et de son stoïcisme souriant. Il me paraît plus influencé par les philosophes de l'Antiquité que par le christianisme et il me fait penser à certains des penseurs et poètes iraniens des XIᵉ et XIIᵉ siècles qui trouvaient davantage leur inspiration dans l'ancienne religion et le paganisme antique que dans les sourates du Coran. J'aime les pages que Montaigne consacre à l'amitié et à La Boétie. J'y retrouve encore un écho du grand poète iranien Al Rumi qui a consacré un *Divan* entier à Chams-è Tabriz. Une amitié, voire un amour sans égal, avait lié les deux hommes.

En feuilletant les manuels, qui remettent les textes dans leur contexte, j'ai l'impression que les auteurs et leurs œuvres constituent des couches géologiques de l'histoire, mais aussi que certains de leurs thèmes (la solitude et l'amour, le souvenir et l'oubli, l'être et l'apparence, la vie et la mort…) sont des filons qui sinuent d'une couche à l'autre. Excusez mon éclectisme. Mais je ne résiste pas au plaisir de vous citer dès aujourd'hui quelques noms parmi les auteurs qui sont venus après vous, comme on aime à parler de ses amis à un ami. J'en parle d'autant plus à mon aise que vous ne les avez pas connus.

Tout d'abord Monsieur de Chateaubriand, un écrivain immense, dont le style inspire encore aujourd'hui quelques auteurs. Il parle constamment du passage inexorable du temps, essaie d'anticiper la mort en écrivant ses *Mémoires d'outre-tombe*. Je suis attendrie par la discrète mélodie de Nerval qui, semblable à d'autres poètes, confondit toujours ses rêves et ses souvenirs, avant de céder à la folie et de se suicider une nuit à Paris, près de la Seine, ou par la mélancolie de Baudelaire, qu'il appelle le spleen, et qui ne s'exprime jamais si bien que dans ses *Tableaux parisiens* – Baudelaire que fascinent également le spectacle de la mer et l'idée de la mort.

Et puis, il y a les romans… Vous aussi, vous avez été un romancier, cher Montesquieu, un romancier d'un genre particulier, un précurseur comme Choderlos de Laclos avec ses *Liaisons dangereuses*. Mais le siècle du roman aura été celui qui a suivi le vôtre, le XIXe siècle, dominé en France par les grands noms de Balzac, Stendhal, Flaubert (fort cruel), Maupassant (dont j'ai lu presque toute l'œuvre)… L'histoire et la société sont présentes dans le roman, et on les saisit par la manière dont elles pèsent sur les destins personnels. Les individus sont-ils autre chose que ce que leur époque en fait ? C'est la grande question posée par le roman, et jamais aussi fortement qu'au XIXe siècle. J'en avais l'intuition, adolescente, après avoir lu en traduction des romanciers russes et français. Mais j'en prends une conscience plus aiguë aujourd'hui. Cela dit, je n'ai pas la réponse à la question. Il me semble toutefois que, si je n'avais dû être que ce que faisaient de moi mon époque et mon pays, je serais morte.

J'ai été surprise par des extraits du roman de madame de La Fayette, *La Princesse de Clèves*. Qu'une femme ait eu la liberté d'écrire à l'époque l'histoire d'une passion coupable est extrêmement incroyable ! Je remarque, et je trouve le manuel bien discret à ce sujet, que ce sont des femmes qui, dans ce pays, ont donné ses lettres de noblesse au roman psychologique, depuis l'époque de la préciosité et de Mademoiselle de Scudéry, qui attribuait des noms persans à ses héros dans *Le Grand Cyrus* (un roman en dix volumes !) que je n'ai pas lu. J'ai lu aussi des lettres de Madame de Sévigné. Vous me pardonnerez si je n'ai pas son art de raconter. Son amour démesuré pour sa fille m'a beaucoup étonnée.

J'ai maintenant une dizaine de cahiers de notes où j'écris les nouveaux mots et mes passages préférés de chaque texte. C'est peut-être un peu idiot de faire ça, mais j'aime l'illusion de croire ainsi les posséder.

Avec assiduité, votre Roxane préférée.

PS : Je passe ma vie à apprendre depuis que je suis à Paris. Tout m'intéresse, tout m'étonne, tout m'émerveille. Mon enthousiasme me transporte parfois comme un enfant. Même si je sais que je ne serai jamais une érudite. Je vous parlerai peut-être plus tard des écrivains d'aujourd'hui ; pour le moment je ne fais qu'aborder les œuvres du début du XXe siècle.

Julie, Clara et Roxane partirent à la campagne. C'étaient les vacances scolaires. Elle n'avait pas d'autre emploi, rien ne la retenait à Paris et elle avait accepté la proposition de Julie : elle aurait sa chambre, s'occuperait cinq heures par jour de Clara (d'habitude à Paris elle ne travaillait que seize heures par semaine pour Julie), donc elle serait payée plus, logée et nourrie. Que pouvait-elle espérer de mieux ? Julie avait ajouté : c'est une très jolie région, tu verras.

— C'est vrai, qu'elles sont belles, les campagnes en France ! se disait Roxane.

En Iran, à part les régions du Nord, la plupart des campagnes sont une vraie désolation, non que la nature ne soit pas belle, mais la pauvreté et la misère sont telles qu'on ne voit qu'elles.

Un soir, il soufflait un vent violent. Les filles avaient fait un feu dans la cheminée. Après le dîner, la discussion allait dans tous les sens, de l'Iran à la France, de la cuisine aux films, de la famille à la politique... Julie a dit :

— J'aimerais avoir un autre enfant, donner un frère ou une sœur à Clara, j'étais enfant unique et ce n'était pas drôle.

Roxane se disait tout bas : « Être aussi nombreux que nous étions nous, ce n'était pas drôle non plus » ; lorsque Julie lui demanda :

— Et toi, tu as des frères et sœurs ?

Ça faisait longtemps !

Elle répondit spontanément.

— Oui, j'ai quatre frères et sœurs, puis elle reprit, non, en fait, j'en ai trois ; avec moi, nous sommes quatre ! Je veux dire que c'est, c'est mon père... c'est mon père qui avait trois sœurs, ils étaient quatre. Mon grand-père avait quatre enfants.

Julie, qui ne comprenait rien à ce charabia, pensa que c'était un problème de langue et reprit :

— Et toi, tu as des frères et sœurs ?

— Oui.

— Et tu as de leurs nouvelles, sont-ils restés en Iran ?

— Oui, on se téléphone.

Elle venait enfin de comprendre pourquoi le chiffre quatre lui était sorti de la bouche quelques mois plus tôt à l'Alliance française.

Son grand-père, le grand Pacha Khân, avait eu quatre enfants.

Lettre IV

Monsieur Charles de Montesquieu
82 boulevard Voltaire, 75011 Paris.

Cher Montesquieu,

Je suis honteuse, je me suis rendu compte que j'avais fait plusieurs fautes dans mes lettres. Désormais, je les lirai et relirai attentivement avant de vous les envoyer. Je vérifierai chaque mot dans le dictionnaire, non pas tant pour l'orthographe (comme vous avez pu le remarquer, je ne suis pas mauvaise en orthographe), mais pour le genre des mots ; c'est une catastrophe : je ne sais jamais si un mot est masculin ou féminin. Pour vérifier le genre de chacun, je consulte sans cesse le dictionnaire, mais à peine l'ai-je refermé que je doute à nouveau si c'était *la* ou *le* qui accompagnait le mot.

Vous voyez, j'apprends votre langue en vous écrivant, je vous remercie donc d'être mon professeur de français. Votre sagacité et votre promptitude à saisir les choses de la vie attisent mon esprit et réveillent mon âme endormie.

J'espère qu'un jour, je serai une lectrice digne de vous. Je sors pas à pas des ignorances qui règnent dans mon pays de naissance. En un an, j'ai appris plus que je n'aurais pu apprendre en toute une vie en Iran. Je ne connais la vie que depuis que je suis à Paris.

Comme le Julien Sorel de Stendhal, « je ne suis pas bien née ». Je ne suis pas d'une bonne famille ou plus exactement, à l'époque où je suis née, ma famille n'était plus ce qu'elle avait été. Dans un pays comme l'Iran, être de bonne famille a une telle importance que, si vous n'êtes pas de bonne famille, il vaut mieux pour vous renoncer à votre naissance. Le problème, c'est que des bonnes familles, il y a en si peu que l'Iran aurait été dépeuplé si les mal nés avaient été supprimés. Et pourtant c'est une manie chez les Iraniens à l'étranger : tout le monde prétend être de bonne famille, fils ou fille de je ne sais quelle noblesse douteuse, alors que les titres de noblesse n'ont jamais existé dans ce pays. Personne ne veut se réclamer du peuple iranien, quelques dizaines de millions de fils de paysans, d'ouvriers, de cordonniers et d'artisans…
Avant le régime des Pahlavi, chacun se tenait à sa place et dans sa classe, déterminées par la naissance. Les frontières entre les différentes classes étaient infranchissables et l'ascension sociale inimaginable. Un ancien proverbe persan dit : « Nul n'a vu fils d'un cordonnier devenir médecin. » En revanche, la chute sociale existait, et c'est ce qui arriva à ma famille bien avant ma naissance. Quand je suis née, nous

étions des nouveaux pauvres, comme il y avait des nouveaux riches.

Pendant plus de cinquante ans, de 1925 à 1978, des réformes et des évolutions de tout genre ont balayé les lois féodales qui avaient régi la société iranienne durant des siècles. L'Iran a connu un essor important et beaucoup de nouveaux riches ont grimpé sur les collines d'Alborze, au nord de Téhéran, et se sont installés dans des villas.

Il y a des Iraniens fort imbus d'eux-mêmes ; ils ont tout vu, tout connu, tout pensé et savent tout. Ils prétendent être le meilleur peuple du monde, avoir la plus grande culture, la plus belle langue, la civilisation la plus ancienne et l'histoire la plus glorieuse. Ils se vantent d'un passé et d'une histoire qu'ils ne connaissent pas. Peu importe que la barbarie et l'ignorance ravagent leur pays depuis un quart de siècle, ils tiennent à tout dissimuler pour paraître le peuple le plus civilisé. Ce sont des gens qui ramènent tout à eux. Vous connaissez les Persans, ils sont toujours plus empressés à dénoncer les défauts d'autrui qu'à s'examiner eux-mêmes, comme votre Usbek. Leur impertinence n'a souvent d'égal que leur ignorance et leur arrogance. Certains, sans avoir jamais lu votre livre, mais pour avoir juste entendu la phrase « comment peut-on être persan ? », qui est devenue une sorte de maxime, affirment que vous faites l'éloge de la culture persane et de la société iranienne de l'époque. Il n'y a aucune limite à la prétention iranienne.

Je souffre sans doute du mal des siècles. Le voyage de l'Iran à Paris n'était pas simplement un déplacement dans l'espace et un changement de pays, mais surtout un voyage dans le temps. La preuve : nous sommes en l'an 2000 en France et en Iran en 1379.

Comment peut-on vivre en 1379 en l'an 2000 ?

Les mollahs ont tout falsifié dans ce pays, le temps et l'histoire, même les actes de naissance des Iraniens, même le calendrier. Sur les photos d'identité, toute femme, toute fillette est voilée, et sur le passeport de tout Iranien, la photo de Khomeyni, le mollah des mollahs, apparaît en filigrane sur toutes les pages. Même Hitler, le plus grand dictateur fasciste du XXe siècle, n'avait pas pensé à ça, à imprimer son image sur la carte d'identité personnelle de chaque Allemand. Sur les murs des villes, des écoles, des institutions, sur les billets de banque, sur les manuels scolaires… partout l'image de Khomeyni et des autres mollahs s'affiche.

Lorsqu'ils ont usurpé le pouvoir, nous étions en 2538, selon la datation qui partait de la création de la dynastie des Sassanides et de la fondation de Persépolis. Les mollahs ont rembobiné la marche du temps et nous ont ramenés en 1357, selon la datation qui partait de la création de l'islam et du départ de Mahomet de Médine vers La Mecque.

Jusqu'à mes dix ans, j'étais née en 2528, et puis, lorsque les mollahs ont refondu les actes de naissance, ils ont décidé qu'en réalité j'étais née en 1349 ; quand j'ai eu vingt ans, on était en 1356. Il y a de quoi perdre la tête et tout repère. Ils ont voulu effacer l'histoire de plus de cinq mille ans, la mémoire de toute une nation. Ils ont rayé des livres scolaires la civilisation du passé, la religion du passé, les rituels, les fêtes. Ils nous ont ramenés de 2538 à 1357. Et tout ce qu'ils ont entrepris, depuis un quart de siècle, est à l'image de cette falsification, de cette régression. Mais il faut reconnaître qu'il y a des Iraniens qui résistent, malgré la répression. Le nouvel an, toujours païen, fidèle à l'ancienne religion zoroastrienne, reste le Norouz (le jour du renouvellement de la nature), le premier jour du printemps. Bien que les mollahs aient tout fait pour le changer et l'adapter au calendrier islamique, au moins sur ce point, ils ont échoué.

Votre Roxane en colère.

PS 1 : Il y a sûrement des gens bien parmi les Iraniens, mais ils sont si peu. À vrai dire, les gens bien sont de moins en moins nombreux sur terre.

PS 2 : Ces jours-ci, je suis d'humeur noire.

Ce fut un grand jour pour Roxane.

Elle avait toujours adoré le vélo ; elle en avait fait tous les jours, pendant les longs après-midi de son enfance, au moment de la sieste. Mais en réalité elle n'était jamais montée sur un vélo. Ce détail lui indifférait, tant était grand le plaisir que son rêve quotidien lui procurait. Faire du vélo au lieu de la sieste, c'était comme pour de vrai. Le plaisir, Roxane le savait d'expérience, se trouvait rarement dans la réalité, mais à deux pas d'elle : dans l'imaginaire.

Le lendemain de leur arrivée à la campagne, Julie lui demanda :

— Tu sais faire du vélo ?

— Oui, répondit-elle spontanément.

Un petit mensonge innocent n'a jamais nui à personne, pensa-t-elle, sans se douter de ce qui allait suivre.

— Tu es d'accord pour une balade à vélo ? Comme ça, je te montrerai le village.

Roxane ne dit mot.

— Tu viens m'aider ? dit Julie en entrant dans le garage.

Elles se mirent à gonfler les pneus. Roxane s'interrogeait : qu'allait-elle dire ? Un être raisonnable aurait avoué la vérité, mais avouer était la dernière chose à laquelle Roxane aurait pensé.

— Tu pourrais dire qu'enfant tu as fait du vélo et que tu n'es pas sûre de ne pas avoir oublié, se dit-elle tout bas.

— Je ne peux pas dire ça maintenant, je dois au moins essayer, c'est l'occasion de ma vie ! Si jamais je n'y arrive pas, je pourrai toujours dire que depuis le temps j'ai un peu oublié.

Comme chacun le sait, le vélo ne s'oublie pas. Mais Roxane n'en avait jamais fait et ne pouvait donc pas le savoir.

Elle décida de se donner la chance d'essayer avant de recourir à la solution suprême : passer à l'aveu. Puis, plus consciencieuse et prudente, elle argumenta :

— Non, c'est irresponsable ; si jamais tu as un accident, qui va s'occuper de toi ? N'oublie pas que tu es ici pour travailler.

— Mais je ferai attention, et puis ça ne doit pas être sorcier de faire du vélo ; c'est exactement comme dans mes rêves, il faut trouver l'équilibre, c'est tout, se dit-elle enfin, décidée à tenter l'expérience.

L'idéal aurait été d'avoir un trois-roues comme celui de Clara, mais les situations idéales existent peu dans la vie ; à défaut d'idéal, il fallait du courage. Non sans appréhension, Roxane enfourcha sa bicyclette. Un pied par terre, un pied sur la pédale, elle avança un peu. Elle tenta de pédaler, elle vacillait, mais heureusement le vélo n'était pas très grand et elle pouvait mettre le pied par terre pour ne pas tomber. Clara, qui pensait que Roxane faisait le clown pour l'amuser, lui répétait :

— Ne fais pas de bêtises, Roxane.

— Comment ça va ? demanda Julie en se retournant.

— Je ne suis pas habituée à ce vélo, ça va venir, répondit-elle, tout en essayant de remettre les deux pieds sur les pédales.

Au bout de quelques dizaines de mètres, elle commença à pédaler réellement. Agrippée au guidon, en équilibre fragile, Roxane pédalait. Elle n'était pas entre la réalité et le rêve, elle était à la fois dans les deux : ce dont elle avait rêvé depuis des années devint enfin une réalité. Les après-midi chauds et humides de son enfance refirent surface, la mémoire imaginaire vint à son aide. Elle commença à faire du vélo comme dans les rêves de son enfance. Elle trouva son équilibre. Sans arrogance, ni fausse modestie, elle était ravie de n'avoir pas cédé à la prudence et fière de sa réussite.

Abandonner ses cheveux aux quatre vents ! Le plaisir était là, en elle, et cette fois elle était réellement dans la réalité, dans la réalité de ce paysage idyllique que le frôlement du pneu sur le sol faisait vibrer.

Les jours qui suivirent, après son travail, entre chien et loup, Roxane partait à vélo. Elle se blessa les jambes, les genoux, elle tomba plusieurs fois, mais elle apprit enfin à faire du vélo.

Roxane avait passé pas mal de temps sur la plage avec Clara à construire des châteaux de sable.

— Si tu veux te baigner, je reste un peu avec Clara, lui avait dit Julie à plusieurs reprises.

— Plus tard, dans la soirée, je n'aime pas la mer quand il fait trop chaud, avait répondu Roxane, en regardant la mer avec peur et désir, sans avouer son secret : elle ne savait pas nager.

Ce jour-là, à cause d'une averse, les gens quittèrent la plage tôt.

Julie et Roxane avaient pris l'apéritif ensemble. Un verre de vin blanc, puis deux. Julie partit coucher sa fille et Roxane sortit se promener. Les gouttes de pluie tombaient encore et il n'y avait pas un chat sur la plage. Roxane trempa ses jambes dans l'eau. Grisée par le vin, elle ôta sa robe.

— Nager ne doit pas être plus difficile que faire du vélo, se dit-elle en regardant la mer.

Seulement voilà, nager n'a rien à voir avec faire du vélo. Mais comment le savoir quand on ne sait pas nager ? On a sûrement tort de sous-estimer l'audace de l'ignorance et de l'inconscience accompagnées de deux verres de vin. Roxane n'écouta que son courage et, littéralement, elle se jeta à l'eau.

La mer lui parut au plus haut point caressante et protectrice. L'ivresse fut telle que, l'instant d'après, elle en oublia qu'elle ne savait pas nager. Elle se mit à folâtrer ; sans tourner les talons, elle avança et avança. Elle se sentait bien, entourée par la mer. Elle était séduisante, attirante, elle était bonne, la mer.

Le soleil, pâle, n'était pas loin de la mer ; lui aussi bientôt allait se glisser dans l'eau.

Être entourée par la mer qui fredonnait un doux murmure fut le sommet de la jouissance pour Roxane.

Tout d'un coup elle se trouva sous l'eau ; elle n'avait plus pied.

Elle se rappela qu'elle ne savait pas nager.

La mer caressante devint dévorante. Prise de panique, avalant la mer à pleine bouche, Roxane gesticula de tous ses membres. Qu'est-ce qu'elle était salée, la mer !

Par expérience, elle se croyait insubmersible ; de chaque vague à l'âme, Roxane était sortie plus forte ; mais là, il ne s'agissait pas de quelques vagues, la mer était partout, en dessous, au-dessus d'elle. Elle cria au secours, mais elle ne voyait personne. Pour économiser ses forces, elle se tut. Elle pensa que c'était son destin de mourir ainsi.

— Il faut bien mourir un jour quelque part, alors pourquoi pas maintenant et ici, dans la mer.

Résignée, elle arrêta de gigoter ; tout imprégnée de peur, elle traversait la mort, dignement. Elle s'allongea pour mourir.

Ces instants furent du temps pur ou alors du temps hors du temps.

Elle flotta à la surface de l'eau. Puis elle essaya de se mettre debout ; elle n'avait toujours pas pied, elle fut à nouveau submergée, avala de grandes gorgées. La panique la saisit à nouveau. Elle se mit à gesticuler.

Tout en avalant l'eau, elle se rappela qu'à l'instant où elle s'était résignée à la mort sans essayer de la fuir et sans se débattre contre la mer, elle était remontée à la surface. Elle arrêta de s'agiter, elle se laissa aller et fit confiance à la mer. Elle revint à la surface.

— C'est idiot de jouer les héros, de se laisser mourir sans tenter de vivre, philosopha-t-elle.

Elle reprit ses esprits, flottant quelques instants sur l'eau.

— La vie est à quelques pas. Nage, nage, Roxane !

Elle commença à bouger très lentement ses bras, en glissant sur l'eau, puis elle donna des petits coups de pied. Elle nageait ! Elle ne savait comment, mais elle nageait : pour ne pas mourir elle s'était mise à nager, c'est tout.

Elle trouva à nouveau le doux tapis de sable sous ses pieds. Elle sortit de la mer et s'effondra sur la plage.

Au bout de la mer, à l'horizon, le soleil se glissait doucement dans l'eau.

Lettre V

Monsieur Charles de Montesquieu
73 avenue Victor-Hugo, 75016 Paris.

Mon très cher Montesquieu,

C'est fou ce que les enfants ont de l'importance dans votre pays. Ils sont les maîtres de tout. Un enfant à lui seul possède des dizaines de jouets, que dis-je ? des centaines de jouets et de livres. L'étonnant, c'est que les enfants sont considérés comme de petits adultes. Les parents discutent, raisonnent avec leurs enfants. Les désirs des enfants, dans la mesure du possible, sont exaucés. Un seul enfant a plusieurs personnes pour s'occuper de lui : les parents, quand ils ont fini leur travail, la maîtresse d'école, et puis la baby-sitter.

La baby-sitter c'est moi ; depuis quelques mois, je m'occupe d'une petite fille dont la mère est journaliste. Elle écrit sur les affaires de la société dans un des grands journaux français. Elle s'appelle Julie, elle a dix années de plus que moi. C'est une femme divorcée, oui le divorce existe maintenant dans votre pays. Elle a des qualités humaines que je n'ai jamais connues chez les gens de mon pays. C'est une vraie humaniste.

Il me semble que plus les êtres humains sont nés et ont grandi dans la frustration, plus ils sont dépourvus de qualités humaines et de générosité. Ce n'est pas une règle générale, je le sais, mais force est d'admettre qu'il y a plus d'humanité dans les pays où règnent la prospérité et la liberté que dans les pays où les gens sont opprimés. J'ai appris beaucoup de choses grâce à elle. Elle me donne souvent des conseils. Je crois que je les aime beaucoup, elle et sa fille.

La première fois que j'ai pénétré dans la chambre de cette enfant, j'ai été ébahie. Les jouets et les livres arrivaient jusqu'au plafond. La chambre, joliment décorée, semblait un petit paradis. La fillette, elle, bien élevée, m'a saluée. Je dois le reconnaître, j'ai de la chance de travailler pour cette famille. La petite aime beaucoup que je lui fasse la lecture. Les enfants possèdent tant de livres que par la suite, devenus grands, ils ne peuvent que les aimer. N'aime-t-on pas les objets qui ont accompagné notre enfance ?

Elle est blonde avec des yeux bleus. Je suis étonnée qu'à son âge elle parle si bien le français ! Il y a quelques jours, je lui lisais un livre qui s'intitule *Alice au pays des merveilles*. Alors qu'elle m'écoutait, fascinée, tout d'un coup je me suis tue. Un souvenir d'enfance que je croyais oublié avait surgi brusquement devant mes yeux et m'avait perturbée. Sentant mon malaise et ne comprenant pas mon silence soudain, elle s'est inquiétée :

— Ça ne va pas ?

Je lui ai demandé de m'accorder quelques minutes pour reprendre mes esprits. J'ai réussi à écarter les images du passé et à continuer la lecture. Le soir, lorsque je me suis retrouvée dans ma chambre, les scènes de l'enfance sont devenues vivantes. Je me suis mise devant une feuille de papier et j'ai commencé à écrire. Si cela ne vous ennuie pas, je vous envoie ce récit avec mon courrier.

Comme le dit si bien le poète Charles Baudelaire, « j'ai plus de souvenirs que si j'avais mille ans ».

Dans ma famille, on ne faisait pas le tri entre les chats, les chiens, les poules, les chevaux, les moutons et les enfants… Et il y en avait des chats, des chiens, des moutons, des poules, des chevaux et des enfants ! Pour se faire remarquer et avoir une place dans cette famille, la concurrence était rude ; d'autant plus que je n'avais aucun atout. Brune, peau mate, yeux marron, j'étais de la semence la plus répandue, la plus ordinaire (les blondes aux yeux bleus sont rares en Iran, tout le monde en raffole, tout le monde en rêve). Mon enfance ne fut pas joyeuse, mais elle ne fut pas ennuyeuse non plus. J'avais le rire facile et la vitalité d'un chat et d'un chien à la fois ; il paraît que j'étais fort exigeante, mais, assez tôt, j'avais compris que, du côté des adultes, il n'y avait rien à espérer. Les enfants dérangeaient les adultes, c'était à peu près tout ce que j'avais pu comprendre, enfant.

Je crois bien que mon enfance en Iran devait ressembler à ce qu'était l'enfance à votre époque. Vous voyez, nous sommes en quelque sorte de même génération.

« Ne reste pas là », c'était la phrase que j'entendais le plus souvent dans mon enfance. Peu importait le lieu ; où que vous fussiez, il y avait toujours quelqu'un pour vous dire : « Ne reste pas là ! » Je regardais de haut ces adultes ignorants et m'en allais loin, très loin ; dans les ruelles brumeuses de Londres avec Dickens ; en Alaska avec Jack London ; sous les mers et autour de la lune avec Jules Verne. Les livres me permirent de prendre une distance importante avec cette famille que je qualifiais secrètement d'indigne de moi. Je lisais et relisais ces aventures fantastiques. Parfois, on me surprenait dans un coin : « Tu vas te crever les yeux à force de lire » et, bien entendu, suivait la fameuse injonction : « Ne reste pas là ! » Je changeais de place, le livre sous le bras, et me cachais dans un autre coin.

Bien que tous ces livres fussent des traductions, il m'était difficile d'imaginer, n'ayant jamais voyagé à l'étranger, que dans d'autres pays les gens pussent parler naturellement une autre langue, encore moins les enfants. D'ailleurs, je ne m'étais jamais posé la question explicitement : qu'est-ce que la traduction ? Les langues étrangères, ça s'apprenait à l'école, c'est tout. Jusqu'au jour où on apprit qu'un cousin, installé en Amérique, marié à une Américaine, et dont on parlait beaucoup dans la famille sans avoir jamais vu la couleur de sa peau, allait revenir en Iran avec ses deux enfants pour les vacances. Il s'appelait à l'origine Ismaël, mais il avait américanisé Ismaël : ça avait donné Sam, et dans la famille, petits et grands, tout le monde l'appelait « oncle Sam », même sa propre mère. Je dois ajouter que l'épouse « américaine » donnait à mon oncle Sam autant de prestige que son doctorat, si ce n'était plus, je crois même que c'était plus ; après tout plusieurs personnes dans ma famille avaient un doctorat, mais seul oncle Sam avait une femme américaine. J'entends encore les voix admiratives qui disaient : sa femme est une vraie « Américaine ». Il a une femme « américaine ». Il s'est marié « là-bas » avec une « Américaine ». Ce mot « américaine » était prononcé avec une telle insistance, on lui accordait une telle importance, qu'on aurait cru qu'être une vraie « Américaine » voulait dire être une vraie « Magicienne ».

Quoi qu'il en fût, l'oncle Sam avait décidé de passer dix jours chez nous. Tout le monde était excité à l'idée de voir la femme américaine de l'oncle Sam. La maison fut sens dessus dessous ; les « ne reste pas là ! » furent multipliés par dix, voire plus. Les lieux où nous, les enfants, pouvions désormais apparaître se restreignirent. Comme on aménageait une partie de la maison à leur intention, les coins où je pouvais me dérober au regard des aînés et lire tranquillement se firent très rares. À l'approche de la date fatidique, l'ambiance devint électrique. Pour un oui ou pour un non, et même souvent sans un oui ou sans un non, nous étions grondés.

L'oncle Sam avait un frère aîné, Soliman, qui pendant les années américaines de son frère ne s'était occupé de rien et était devenu un bon à rien ; de tout ce qu'il avait possédé, selon ma tante, avec qui il se disputait souvent, il ne lui restait à présent que son avarice et son ignorance. L'oncle Sam, en revanche, avait toujours tout réussi ; son doctorat en poche, il était adoré, admiré de tous, sauf de son frère Soliman. Celui-ci dut penser que les années américaines avaient sûrement accusé leur différence. Pour ne pas être comparé à son frère cadet et avoir la paix, comme il le disait lui-même, Soliman quitta Téhéran, partit pour Kachan et attendit que son cadet aille le voir chez lui.

Le jour de leur arrivée, la famille endimanchée se rendit à l'aéroport pour les accueillir. Nous, les enfants, les chats, les chiens et les moutons, les attendîmes à la maison.

La scène de l'arrivée de l'oncle Sam et de sa famille fut émouvante et bruyante. On égorgea un mouton à leurs pieds. Bien qu'on ne fît pas le tri entre les enfants, les chats, les chiens et les moutons dans ma famille, je dois avouer que les enfants furent mieux traités que les moutons. On ne sera jamais assez reconnaissant à cette main invisible qui a retenu Abraham de sacrifier son enfant.

Tout ce que l'oncle Sam racontait de la vie en Amérique nous paraissait abstrait, et ce n'est que dans l'album de photos qu'il avait apporté que les choses se concrétisèrent. Les photos de sa famille et de ses amis en Amérique nous firent rêver de cette contrée magique, l'Amérique !

Toute la famille tournait autour des enfants de l'oncle Sam qui ne comprenaient pas un mot de persan. On aurait dit qu'ils étaient destinés à fasciner le monde. Ils étaient blonds comme les blés et parlaient naturellement anglais, ce que je n'aurais jamais imaginé. Moi, je pouvais disparaître à ma guise et lire mes livres en toute tranquillité. Je restais des heures dans mon coin, sans être surprise par mes aînés. J'avais l'impression que l'on m'avait oubliée, ce qui n'était pas en soi désagréable, mais, bizarrement, les « ne reste pas là ! » commencèrent à me manquer. On s'habitue à tout dans la vie, même à être grondé, et puis c'était presque la seule phrase qui m'était dévolue, la phrase grâce à laquelle j'avais l'impression d'exister aux yeux de ma famille.

Il eût fallu manquer de générosité et d'hospitalité pour penser que, à cause des enfants de l'oncle Sam, j'étais devenue inexistante. Ils pouvaient aller en toute impunité n'importe où, à n'importe quel moment de la journée, sans que quelqu'un leur dise : « Ne restez pas là ! » De toute façon, ça n'aurait servi à rien puisqu'ils ne comprenaient pas le persan ; mais, chose étonnante, ils bénéficiaient d'égards fort particuliers qui dépassaient mon entendement. Que des enfants pussent bénéficier d'un tel prestige dans ma famille, nul ne l'aurait jamais cru.

J'adorais les nuits d'été. Nous dormions sur la terrasse. Je gardais les yeux ouverts et résistais au sommeil pour contempler le ciel plein d'étoiles. Le ciel de mon enfance était si bleu et ses étoiles si proches que je leur murmurais mes histoires. Parfois je m'imaginais sautiller d'une étoile à l'autre sur la pointe des pieds, je n'avais ni une baguette magique ni une couronne, ni même une longue robe, seulement je portais un joli collier de perles qui brillaient autour de mon cou, comme les étoiles du ciel.

Une nuit, alors que j'allais d'une étoile à l'autre, j'entendis une voix, sans comprendre ce qu'elle disait ; en l'occurrence, elle lisait. C'était la voix de l'oncle Sam, qui lisait en anglais à ses enfants un livre pour les endormir. Je me suis glissée sous leur moustiquaire. Sa fille tenait dans ses bras une poupée. L'oncle Sam m'a souri. Je me suis approchée pour mieux voir la jolie poupée. Elle avait les cheveux noirs, les yeux bleus, elle portait une robe aux carreaux jaunes et bleus ; à la taille un ruban de satin rouge faisait un grand nœud.

Quand il a eu fini sa lecture, il m'a dit :

— Elle te plaît cette poupée ? Elle s'appelle Alice. Si tu veux, je t'en enverrai une d'Amérique.

Il ne m'a jamais rien envoyé. Il a sûrement oublié. Moi aussi, j'avais oublié, du moins c'est ce que je croyais. En lisant *Alice au pays des merveilles*, je me suis souvenue de cette magnifique poupée qui s'appelait Alice. C'est étrange, je ne me rappelle pas du tout quel était le prénom des enfants de l'oncle Sam, ni à quoi ils ressemblaient, je sais seulement qu'ils avaient à peu près mon âge et qu'ils étaient blonds. Mais le visage de la poupée promise, ses vêtements et son prénom, « Alice », étaient restés gravés dans ma mémoire, à mon insu.

Le séjour de la famille de l'oncle Sam a bouleversé ma vie, et nous voilà au cœur du sujet. Il m'a permis de comprendre les avantages qu'il y avait à ne pas comprendre la langue de sa famille ! Comme il était déjà trop tard pour que je ne comprisse pas le persan, je me suis dit que, quand je serai grande, j'irai moi aussi à l'étranger, loin, et apprendrai une autre langue. Comme ça, personne, dans ma famille, ne me comprendra. À l'époque, pour être honnête, je croyais que ce serait l'anglais. Mais aujourd'hui, je préfère que ce soit le français. D'une part, je peux vous écrire et, d'autre part, une partie de ma famille parle anglais, alors que personne n'entend le français. Mon souhait est donc accompli.

Cher Monsieur, j'ajoute ces quelques lignes à ma lettre avant de la poster, pour vous annoncer une grande nouvelle. Enfin, pas très grande mais, disons, une bonne nouvelle. J'ai appris à nager, toute seule et dans la mer ! Je suis une autre femme. Je pense sincèrement que l'ordre du mérite de la natation, s'il existe, ne peut que m'être attribué.

N'est-ce pas que c'est une bonne nouvelle ? Elle est même, tout compte fait, assez grande.

Votre nouvelle Roxane : nageuse.

PS : J'aime écrire, raconter des histoires ; j'aimerais un jour devenir écrivain. Croyez-vous que j'ai quelque talent ?

Je vous remercie, cher Montesquieu, de me lire si patiemment.

Lettre VI

Monsieur Charles de Montesquieu
4 rue Corneille, 75006 Paris.

Cher Monsieur Montesquieu,

Une grande partie de mon adolescence et de ma jeunesse s'est passée à attendre, à attendre la fin, la fin du régime des mollahs. Chaque printemps, chaque été, chaque automne, chaque hiver, les Iraniens croyaient, espéraient que ce serait la dernière année, que l'Amérique aurait enfin décidé d'en finir avec eux. « Ce qui est apporté par le vent sera balayé par le vent », dit un adage iranien, et comme c'est l'Amérique qui les avait installés en Iran, on attendait qu'elle les déloge, mais ce vent américain tardait à souffler et les Iraniens se languissaient. Et ils attendent toujours, ils attendent qu'un magicien fasse sortir une armée de sous la terre et les délivre par enchantement du mauvais sort qui les accable.

Il me revient une histoire dont le héros est Nasr Eddin Hodja, peut-être en avez-vous entendu parler. Nasr Eddin signifie littéralement

« soutien de la religion ». Un tel surnom souligne sa ruse redoutable. Il se faisait passer pour un idiot afin de déjouer les représailles des religieux, car ces récits sont très souvent blasphématoires. Il dénonce, à travers des contes naïfs, tantôt la bigoterie des religieux, tantôt leur hypocrisie. C'est un personnage haut en couleur, roublard et franc, idiot et sage, naïf et rusé, un personnage aussi contradictoire que simplet, qui a vécu, à en croire les historiens, vers le XIIIe siècle, en Anatolie, et dont les histoires ont été transmises de bouche à oreille, de génération en génération, dans tout l'Orient.

Un jour, Nasr Eddin Hodja est face à un auditoire pour raconter une histoire. Il commence ainsi :

— Il était une fois un berger qui avait des tas de moutons.

— Mais ce n'est pas une nouvelle histoire, ça ; le berger et les moutons, nous la connaissons par cœur, crie l'auditoire.

— Attendez, cette fois c'est différent.

L'auditoire se calme et il continue :

— Un jour, le berger mena ses moutons paître, il se perdit et se trouva devant un sentier très étroit et très dangereux ; il fut obligé de faire passer ses moutons un par un, mais il y avait beaucoup de moutons...

Sur ce, alors que l'auditoire est fort intrigué, Nasr Eddin s'arrête et se met à caresser de bout des doigts sa longue barbe, comme s'il y cherchait la suite de l'histoire. L'auditoire attend qu'il continue et lui demande :

— Allez, que se passe-t-il, Nasr Eddin ? Raconte-nous la suite !

Et Nasr Eddin répond :

— Les moutons sont en train de passer, ils sont très nombreux, il faut attendre qu'ils passent, et le berger aussi, pour continuer.

Le peuple iranien, à l'image de l'auditoire de Nasr Eddin Hodja est berné et attend depuis plus d'un quart de siècle que les moutons et le berger aient fini de passer pour connaître la suite de l'Histoire.

Les Iraniens, comme beaucoup d'autres peuples d'Orient, sont fascinés par des contes drôles et dérisoires. Ils se rassemblent pour se raconter des histoires, des plaisanteries qui symbolisent leurs conditions de vie. Ils rient ensemble pour se divertir de leur impuissance à agir. Ils rient de leur situation désespérée, une situation qu'ils ne subvertissent que dans l'imaginaire.

« Mes rires amers sont plus tristes que les pleurs, je suis au-delà des pleurs et c'est pourquoi je ris », dit un adage populaire.

Les peuples d'Orient souffrent d'un complexe d'infériorité et les peuples d'Occident d'un complexe de supériorité. Les premiers attribuent à la nature de leur être les déficiences de leurs institutions et de leurs gouvernements et les autres attribuent à la nature de leur être l'efficience de leurs institutions et de leurs gouvernements. Le progrès et la civilité des peuples, bien que différents, seraient égaux dans les différents pays si l'éducation et le degré de démocratie des gouvernements l'étaient.

Les peuples orientaux passent leur temps à envier la liberté et les joies des peuples occidentaux. Les Iraniens, ruinés par le désespoir, gardent la mémoire de ce qu'ils furent à l'époque de Persépolis pour pleurer ce qu'ils ne sont plus. Ils vivent les malheurs de leur histoire dans la gloire d'antan. N'ayant que des regrets et des nostalgies, ils sont fascinés par leur image du passé, qu'ils vivent comme un deuil non terminé. Un passé imaginaire et fort méconnu. Comme les femmes dans le harem d'Usbek, le peuple n'a d'autre liberté que celle des remords.

Pour ma part, je ne me suis jamais sentie à ma place, pas plus en Iran, dans ma famille, que dans ma chambre, à Paris. Je me suis partout sentie une étrangère. Je n'ai jamais appartenu à cette religion qui m'échut en partage et en héritage. À l'école, j'étais la fille « pas normale ». Je m'enfermais dans mon orgueil, dans ma fierté, et faisais comme si rien n'existait. Incapable d'accepter le destin prescrit, je me sentais en guerre contre la vie. Je disais souvent ce qu'il fallait taire, ce que personne ne voulait entendre. Où je suis née, il n'y avait nulle place pour les gens de mon espèce.

Une éternelle étrangère, Roxane.

PS 1 : J'apprends les nuances de votre langue en lisant et en vous écrivant. J'y mets du zèle, je crois faire des progrès et espère être bientôt à la hauteur de votre Roxane imaginaire.

PS 2 : Cher Montesquieu, je viens d'acheter le premier vélo de ma vie.

Imaginez donc : Roxane à vélo dans Paris !

Rien ne paraissait plus réel. Et à chaque fois c'était pareil. Cela arrivait de plus en plus souvent : Roxane se perdait.

Elle se perd dans une rue étroite, dans une rue longue dont elle oublie le nom. Elle essaie de lire le nom de la rue, mais elle a du mal à le déchiffrer. La rue a un nom très difficile à retenir. Elle se souvient du numéro de l'arrondissement sur la plaque, le troisième, pas loin de la place du Marché-Sainte-Catherine. Ça commence toujours là, elle se souvient de cette place parce qu'elle la trouve très belle et se dit : ce serait bien de s'arrêter dans un de ces bistros pour prendre un verre, mais elle continue à marcher en pensant qu'au retour elle repassera par là et prendra un verre avant de rentrer. Elle se promène dans des rues et des passages du Marais. Elle va d'une rue à l'autre, sans faire attention au nom des rues, insouciante. Elle flâne. Elle oublie tout, même qu'elle est une étrangère à Paris, et se laisse aller, confiante. C'est une journée ensoleillée, comme il en existe parfois au mois d'avril. Un vrai beau temps de printemps ; il fait un peu frais. Elle change de trottoir pour se réchauffer sous les rayons du soleil. Il y a beaucoup de monde. Elle s'arrête devant une boutique d'antiquités. Un kilim aux couleurs vives est étendu dans la vitrine du magasin et dessus on a disposé des bijoux, des colliers aux grosses pierres de jade et d'ambre. Elle reprend sa marche d'un pas traînant, allait faire la queue pour s'acheter une glace. Rien ne peut paraître plus réel que cette promenade. Brusquement le temps change. Des nuages sombres cachent le soleil. Elle se dit qu'elle ferait mieux d'entrer dans l'un de ces cafés. Mais elle décide de retourner à la place du Marché-Sainte-Catherine. Elle essaie de s'orienter, mais elle ne sait pas exactement quelle rue prendre. Elle tourne au hasard dans une rue, puis dans une autre. L'orage commence. Les gens pressent le pas, courent. Elle aussi, elle presse le pas. Elle tourne encore dans une autre rue. Une étrange appréhension s'empare d'elle. Elle se met à courir.

— Je ferais mieux d'aller sur la rue de Rivoli, c'est plus sûr.

Elle ne sait pas pourquoi elle pense ça.

— Pourquoi la rue de Rivoli serait-elle plus sûre ? Mais qu'est-ce que je peux craindre ? Je suis à Paris.

Elle se souvient qu'à chaque fois elle répète ces mêmes phrases. Et là, tout d'un coup, elle se trouve dans une rue étroite, une rue longue. Une rue dont elle ne connaît pas le nom, mais elle sait qu'elle y a déjà été. Une rue où il n'y a rien ni personne. Elle regarde la plaque, elle a du mal à déchiffrer le nom. Elle a un nom bizarre cette rue. Et là, elle sait qu'elle est perdue. Elle se souvient des autres fois où elle s'était perdue dans cette même rue. Mais elle ne se souvient pas de la rue d'après.

Elle se demande pourquoi elle se perd dans cette même rue surgie d'un seul coup de nulle part. Elle se pose toujours cette question. Elle court plus vite pour arriver au bout de cette rue étroite, et là, elle tourne pour prendre une rue plus animée. Elle tourne. Elle tourne et... elle est à Téhéran ! Elle se retourne pour revenir dans la rue précédente, mais la rue a disparu ! Elle court pour retrouver la rue étroite, pour retrouver la place du Marché-Sainte-Catherine, ou bien la rue de Rivoli, mais elle est dans les rues de Téhéran et les gens la dévisagent. Elle est sans voile, dans sa tenue parisienne. Elle se dit que ce n'est pas possible, ça ne peut pas être réel une chose pareille. Comment peut-elle être à Téhéran alors qu'une minute avant elle était à Paris ? Paris ne peut pas disparaître ainsi ; elle fait sûrement un cauchemar et elle ne va pas tarder à se réveiller. Elle se met à courir pour retrouver Paris. Elle se rappelle qu'elle s'était déjà perdue dans cette même rue en rêve et qu'elle s'était retrouvée à Téhéran. Mais cette fois-ci ce n'est pas un rêve. C'est la réalité. Elle se blâme :

— J'aurais dû regarder le nom des rues, puisque j'étais prévenue par mes rêves. J'aurais dû faire attention. Maintenant j'ai perdu Paris. C'est de ma faute, j'aurais dû garder la tête sur les épaules.

Terrifiée, elle court entre les voitures déferlant sur le grand boulevard qui traverse Téhéran du sud au nord jusqu'au pied des montagnes d'Alborze. Elle court vers les montagnes et se dit qu'elle pourrait s'y cacher la nuit, mais à mesure qu'elle s'approche des montagnes, elles reculent, elles s'éloignent.

— Il faut que je retrouve Paris, la place du Marché-Sainte-Catherine.

Elle a mal à la poitrine. Elle a peur comme une enfant qui a perdu ses parents. Une angoisse qui frôle la folie serre son cœur. Elle était à Paris et elle s'est perdue à Téhéran. Elle se souvient qu'enfant, elle s'était perdue la nuit, au pied des montagnes. Ce n'était arrivé qu'une seule fois et elle avait eu très peur et maintenant elle a la même peur mais elle n'est plus une enfant. Elle a du mal à respirer. Elle va s'évanouir. Elle va tomber. Elle tombe. Elle tombe, comme si elle était aspirée par un vide sans fond. Elle est trempée de sueur, mais elle n'a rien. Elle se lève, elle ne sait où elle est. Elle revient à elle, elle se ressaisit. Elle est... elle est à Paris. Elle allume la lumière. Elle est dans sa chambre. La lucarne la rassure.

C'était encore le même cauchemar.

Au bout d'une rue, dont j'ai oublié le nom, une rue étroite et longue, ma vie s'est perdue... une rue de nulle part, une rue entre deux pays, une rue qui n'existe pas...

Lettre VII

Monsieur Charles de Montesquieu
3 rue Charles Baudelaire, 75012 Paris.

Cher Montesquieu,

Le pape est toujours le chef des catholiques et on l'encense toujours par habitude, mais on ne le craint point. Il n'y a plus de guerres civiles ou religieuses, dans les pays occidentaux. L'hérésie n'est point condamnée et les hérétiques ne sont point brûlés. La démocratie que vous appeliez de tous vos vœux règne enfin dans votre pays, comme dans d'autres pays européens. Plus personne n'est transformé en cendres et l'on prend le temps d'écouter les pensées les plus hérétiques et les plus subversives. Mais le malheur s'abat toujours sur les peuples dans beaucoup de pays de l'islam. La moindre hérésie y est condamnée, les hérétiques sont décapités. Parmi les musulmans, même dans les pays occidentaux, celui qui réfléchit et écrit aura toujours du mal à éviter le reproche d'irréligion ou d'hérésie. Ses réflexions lui attirent des querelles, des menaces, il doit vivre dans une inquiétude continuelle.

J'ai appris des choses bien éloignées des coutumes musulmanes. Je n'ai point remarqué dans votre pays, chez les chrétiens, le zèle que les musulmans déploient pour le prosélytisme. Le christianisme n'est point un tabou, il est discuté et critiqué par les stoïciens, les épicuriens, les marxistes, les athées, les agnostiques... Tous peuvent s'exprimer et contester ouvertement ses dogmes. Et c'est ainsi que le christianisme s'épanouit et fait des progrès.

Les religieux fanatiques, qu'ils soient rabbins, curés, pasteurs ou mollahs, se prennent pour les représentants de Dieu et dictent la façon dont il faut aimer Dieu. Les recettes pour le salut de l'âme sont si nombreuses, entre les juifs, les catholiques, les protestants et les musulmans, qu'on s'y perdrait comme dans une jungle. Chacun affirme détenir la meilleure recette. Ils se disputent sans cesse sur ce que Dieu aurait prescrit, sur ce qu'il pardonnerait ou punirait, sur ce qu'il faudrait faire ou ne pas faire, manger ou ne pas manger, croire ou ne pas croire, être ou ne pas être... De tous côtés, les religieux prétendent être un modèle universel et se réclament des préceptes de Dieu. Il n'y a pas de religieux qui ne juge sa religion au-dessus des autres. Je comprends parfaitement, comme tout être sensé, que Dieu puisse craindre ces fanatiques exacerbés et n'ose se montrer de peur d'être massacré, mais peut-être, de grâce, pourrait-il penser à une quatrième religion, envoyer un messager, un nouveau prophète, qui relativiserait les choses et éviterait les guerres religieuses. Ne pourriez-vous, cher Montesquieu, pour le salut de l'humanité, vous entretenir de ce sujet avec Dieu ? S'il existe, bien sûr.

Un proverbe persan dit : « Dieu, s'il ferme une porte, il en ouvre mille autres. » Une de mes vieilles tantes le disait dès que quelqu'un se trouvait dans une situation désespérée. Et, comme cela arrivait très souvent que quelqu'un fût désespéré, c'était sa phrase récurrente. La première fois que j'ai entendu le nom de Dieu, ce fut à travers ce proverbe : « Dieu, s'il ferme une porte, il en ouvre mille autres. » Je ne sais quel âge j'avais, deux ou trois ans sans doute, mais dès cet instant j'ai imaginé Dieu en portier. Après cela, il m'était difficile de reconnaître en lui le Tout-Puissant. Imaginez mon étonnement lorsque, vers cinq ans, à l'école, j'ai entendu dire que ce même Dieu portier avait créé l'univers entier ! Comment un simple portier, qui, selon ma vieille tante, et personne ne la contestait, ouvrait et fermait mille et une portes en une seule journée, et je ne sais combien de fois, pouvait-il avoir eu le temps de créer un univers si immense ? Non, cette histoire ne tenait pas debout. Mon raisonnement me parut fort logique et rationnel. Voilà comment je me suis convertie à l'athéisme dès l'âge de cinq ans. La faute, si faute il y a, en revient à ce proverbe persan. À dire vrai, je ne suis pas une athée pure et dure. Comme Montaigne, je reste adepte du doute. La certitude est dans la folie et inversement, je ne me rappelle plus qui l'a dit. Pour moi, la seule preuve de l'existence de Dieu est le fait que le mot « Dieu » existe. Quant à son rôle dans la création de l'univers, la question reste sans réponse.

Ne pensez-vous pas, cher Montesquieu, que Dieu devrait intervenir pour déclarer haut et fort qu'il n'est pas offensé par ceux qui ne croient pas en lui, qu'il n'a pas besoin des croyances des humains pour exister ou ne pas exister, *to be or not to be* ? Même l'existence des humains, si éphémère soit-elle, n'est pas tributaire des croyances d'autrui. Dieu a-t-il jamais lu Shakespeare ? Comment est-il en vrai ? L'avez-vous jamais rencontré ? Est-il un être souverainement parfait ? Et que fait-il au juste depuis la création du monde ? À quoi passe-t-il ses journées ? Sans vouloir être effrontée, je me demande : Ne s'ennuie-t-il pas, à force d'être si désœuvré ? Dites à Dieu, si jamais il existe, que les mollahs font de lui un tyran pire que Gengis Khan. Ils se sont donné la permission de châtier au nom de Dieu. La justice de Dieu aurait-elle besoin de bourreaux ?

« Je vois partout le mahométisme, quoique je n'y trouve point Mahomet », dit Usbek. Il aurait pu constater que son « Alcoran », comme vous dites, était en partie la traduction en arabe d'un mélange de la Tora et de la Bible. Mahomet et ceux qui lui ont succédé, tout en adaptant les textes de la Tora et de la Bible à une autre histoire, à un autre contexte, à une autre tradition et à une autre culture, ont oublié de révéler leurs sources et cru bon de décréter que le Coran provenait de la révélation divine. Ce ne sont pas les musulmans qui ont inventé les histoires d'Abraham et de Noé... mais on les retrouve dans le Coran.

Les « mahométans » sont nombreux aujourd'hui dans votre pays. Certains d'entre eux emploient beaucoup de zèle à essayer de convertir les chrétiens. Vous voyez, le monde a bien changé.

« Tu vas parcourir les pays habités par les chrétiens, qui n'ont jamais cru. Il est impossible que tu n'y contractes bien des souillures. Comment le prophète pourrait-il te regarder au milieu de tant de millions de ses ennemis ? Je voudrais que mon maître fît, à son retour, le pèlerinage de La Mecque : vous vous purifieriez tous dans la terre des anges. » Après trois siècles, les propos du premier eunuque, dans la lettre xv, sont toujours d'actualité. Pour les fanatiques et leurs adeptes, les chrétiens et les juifs sont toujours impurs et infidèles ; ils doivent se convertir à l'islam pour se purifier de leurs souillures.

Obsédés par la souillure qu'ils ont dans les yeux, les fanatiques la projettent sur tout ce qu'ils voient.

« On est bien embarrassé dans toutes les religions [...]. J'ai vu des descriptions du paradis, capables d'y faire renoncer tous les gens de bon sens : les uns font jouer sans cesse de la flûte ces ombres heureuses ; d'autres les condamnent au

188

supplice de se promener éternellement, d'autres enfin, qui les font rêver là-haut aux maîtresses d'ici-bas, n'ont pas cru que cent millions d'années fussent un terme assez long pour leur ôter le goût de ces inquiétudes amoureuses. » Voilà ce que vous faites dire à Rica dans la lettre CXXV.

Je n'ai jamais cru au Paradis.

Les *Quatrains* d'Omar Khayyâm, le grand poète, astronome, et mathématicien, qui fut un sceptique épicurien du XIᵉ siècle et que vous connaissez sûrement, nous mettent souvent en garde contre l'hypocrisie des dogmes religieux, qui privent les hommes des plaisirs de la vie et leur promettent un paradis fabriqué par les esprits frustrés. Il célèbre dans ses vers, d'une beauté unique, hélas intransmissible dans la traduction, l'amant, l'amour, et le vin. Pour lui, nous ne sommes que des poussières d'étoiles, de même que la terre. Il déplore, malgré sa grande science, les limites de ses connaissances. Il se nomme Libertin et se défend devant les dévots hargneux : s'il existe un Dieu, puisqu'il est charitable, il me pardonnera mes péchés, et de mes péchés les autres ne seront pas coupables, si péché il y a à aimer la vie et le plaisir.

Il n'y allait pas par quatre chemins :

« Le paradis et les houris, on dit que c'est bon
Moi je dis que le jus de la treille, ici-bas,
                       [c'est bon
Prends ce que tu as ici et rejette les promesses
Car le son du pipeau ne charme que de loin. »

Les pouvoirs religieux récupèrent de façon éhontée les pensées les plus hérétiques pour les déformer et les attribuer à la doctrine ou à l'art islamiques. On parle d'architecture et de littérature islamiques comme si le Coran était un manuel d'architecture ou un traité littéraire qui expliquerait comment écrire la poésie.

N'est-il pas plus plausible de penser qu'aux Xe, XIe, XIIe, XIIIe... siècles, où le despotisme islamique était absolu, et où il était impossible de ne pas être musulman, les penseurs, les philosophes-poètes se voyaient contraints de se réfugier dans l'allégorie pour critiquer les pouvoirs établis ?

Puisque j'y pense : on ne dit jamais la danse islamique, mais la danse orientale, ni la musique islamique, mais la musique arabe, toutes les deux prohibées selon les dogmes. Pour ma part, je préfère de beaucoup la danse, la musique ou le couscous des Arabes à leur religion.

La Roxane hérétique !

PS 1 : Outre les religieux de tous poils, le président actuel des États-Unis, dit-on, est un proche de Dieu. Ce serait bien de vérifier.

PS 2 : Vous avez eu de la chance, mon cher Montesquieu, d'être né français, sinon les mollahs, après vous avoir exécuté, auraient fait de vous un penseur de l'islam et revendiqué les *Lettres persanes* comme un joyau de la littérature islamique !

Lettre VIII

Monsieur Charles de Montesquieu
12 rue Balzac, 75008, Paris.

Cher Montesquieu,

Vous seriez bien surpris de voir la place qu'occupent aujourd'hui en France et dans le monde les journalistes que vous appelez aussi nouvellistes. Il en est de toutes sortes qui prétendent se tenir informés de tout et nous informer de tout, des grands événements comme des plus petits incidents : les guerres qui perdurent en Orient et en Afrique, les réunions entre les Grands de ce monde qui nous gouvernent, les tremblements de terre, inondations, sécheresses, épidémies, les famines qui tuent des centaines de milliers d'humains sur la planète, et que sais-je encore ? Les engins que les savants d'aujourd'hui expédient vers les étoiles ou lancent autour de la terre comme autant de petites lunes et aussi bien les moindres détails de la vie des gens célèbres, qui ne le sont que parce qu'ils en parlent, ou les jeux qu'ils appellent sports ; car, dans cet afflux de nouvelles, le plus étonnant est peut-être l'attrait qu'exercent sur nos contemporains, dans tous les pays du monde, sans exception, les jeux, les jeux les plus divers et notamment ceux de ballon. Je ne suis pas une spécialiste en ces matières et ne saurais vous en parler avec compétence, mais il me semble que votre curiosité serait attirée par le spectacle des foules qui se précipitent, à intervalles réguliers, dans les enceintes qu'on leur réserve pour qu'elles y assistent aux jeux de ballon. Les gens s'y rendent en chantant, les péripéties de la partie les transportent d'enthousiasme. Les plus pauvres oublient leur pauvreté pour quelque temps et les riches semblent partager la même passion que les pauvres. Vous allez penser évidemment à votre chère Antiquité romaine, aux jeux du cirque et aux empereurs pour qui le peuple se tiendrait tranquille à condition qu'il eût du pain et des jeux. Sans doute aurez-vous raison car je crois remarquer que la passion des gens pour le sport est à proportion de leur pauvreté et de leur désespoir.

N'allez surtout pas croire que le nombre de ceux qui s'enfièvrent au spectacle du jeu de ballon se résume à celui des personnes admises dans les enceintes où il a lieu. Il s'en faut de beaucoup. Car une invention qui remonte maintenant à plus d'un demi-siècle a révolutionné à la fois les lois du spectacle et celles de la vie domestique : la télévision. Une machine qui diffuse non seulement l'image, mais aussi le mouvement et le son, en sorte que celui qui regarde la paroi de verre sur laquelle se projettent non pas, comme dans la caverne du bon Platon, les ombres des Idées, mais les reflets de la vie, éprouve l'impression d'être ailleurs et parfois très loin de chez lui, alors même qu'il se tient bien tranquille dans son fauteuil.

N'attendez pas toutefois que je vous décrive les merveilles de la télévision avec la candeur d'un Persan découvrant l'Occident. Elle est partout de nos jours, en Iran comme ailleurs, et certains pensent même, avec quelque apparence de raison, qu'elle met un frein à l'exercice de la tyrannie. C'est possible, encore que les tyrans aient appris à l'utiliser.

Le plus étonnant n'est pas que les images viennent de si loin, mais qu'elles viennent si près, jusqu'au chevet de celui qui les contemple avant de s'endormir. Il y a partout des télévisions. Et c'est merveille, le soir venu, de les voir s'allumer comme autant de fleurs phosphorescentes aux fenêtres des immeubles parisiens. Certaines brillent tard dans la nuit. Je me dis que les hommes ont inventé une nouvelle façon de rêver et je ne sais s'il faut admirer le goût qu'ils ont de se laisser ainsi transporter à travers les images loin de chez eux ou s'inquiéter de l'artifice qui leur donne l'illusion de ne pas se sentir seuls.

Imaginez ce que Pascal aurait pensé d'un tel « divertissement » !

C'est aux journalistes de télévision, cher Montesquieu, qu'on devrait aujourd'hui donner le titre de nouvellistes. Bien qu'ils se contentent de commenter les nouvelles qui viennent du monde entier, ils jouissent d'un prestige immense, comme s'ils en étaient les inventeurs et les maîtres. Et ce dont ils ne parlent pas n'existe pas. Comme vos nouvellistes, certains d'entre eux n'épuisent le présent que pour anticiper l'avenir, aussi prompts à louer quelqu'un de mille sottises qu'il n'a pas faites qu'à lui en prêter mille autres qu'il ne fera pas, aurait remarqué Rica. On les voit s'entretenir familièrement avec des ministres qui aspirent à un peu de popularité et les courtisent pour faire savoir qu'ils sont ministres. Certains hommes politiques semblent plus occupés à faire parler d'eux qu'à s'occuper du pays.

Il est vrai que je ne suis pas la mieux placée pour aborder de tels sujets. On m'a prêté une petite télévision qui fonctionne mal. Au début, je prenais quelque plaisir à déplacer de droite à gauche et de gauche à droite les antennes métalliques qui permettent en principe de capter et de stabiliser les images et les sons. Mais ils ne cessaient de se dérober, j'avais soit le son sans image soit l'image sans son. Je me suis lassée et, lorsque je suis d'humeur morose, il me semble que, même en images, le monde se refuse à moi.

Dans une chambre de bonne débordant de solitude,

Roxane.

195

PS : Peut-être que je suis mieux sans télévision ; comme ça, je passe mes soirées avec vous.

Au revoir, mon cher Montesquieu.

Tous les dimanches, à l'exception des jours de grand froid ou de pluie torrentielle, Roxane se levait de bonne heure.

Elle allait au Luxembourg. Elle se préparait un sandwich royal : une demi-baguette fraîche garnie de feuilles de salade, de tomates coupées en rondelles, de fins cornichons et, bien sûr, de deux tranches de jambon. Elle mettait aussi dans son sac deux bières et un paquet de cacahouètes. On ne sait jamais, les envies vous prennent souvent à l'improviste dans la vie, il valait mieux prévoir. Elle emportait son viatique préféré, *À la recherche du temps perdu* – le temps perdu, Roxane savait ce que c'était –, ainsi que son compagnon de toujours, son *Micro-Robert*. Elle aurait pu se contenter de suivre le texte et chercher les nouveaux mots le soir dans son dictionnaire, mais elle préférait regarder tout de suite. Les mots ont trop d'importance pour qu'on les laisse filer, et puis, même si ça ralentit la lecture, il vaut mieux comprendre exactement ce qu'on lit, pensait Roxane. Elle partait au jardin vers huit heures et demie, son sac à dos bien garni.

Qui n'a pas connu Paris et le jardin de Luxembourg ne peut imaginer ce qu'était son plaisir de lire Proust tout un dimanche par beau temps au Luxembourg : c'était le paradis terrestre pour l'Iranienne qu'était Roxane.

Le jardin du Luxembourg, sans être la madeleine de Proust de Roxane, lui rappela toujours *À la recherche du temps perdu*.

Lettre IX

Monsieur Charles de Montesquieu
3 rue Alexandre Dumas, 75020 Paris.

Cher Montesquieu,

Je préfère Rica à Usbek, Roxane à Rica, et vous-même, bien sûr, à tous vos personnages. J'adore la dernière lettre, celle de votre Roxane ; où tout se renverse, tout se dévoile. J'aurais tant voulu l'avoir écrite à ce tyran d'Usbek. Je l'ai entièrement recopiée dans mon cahier.

N'est-ce pas incroyable d'avoir pu se mettre dans la peau d'une Persane rebelle ? Je ne saurais qu'admirer la finesse de votre esprit.

Même aujourd'hui, il n'y a pas de femmes si courageuses en Iran. Quelle femme osera arracher son voile et apparaître fière, la tête découverte, devant le peuple ?

En France règne la liberté. Saviez-vous par exemple que l'homosexualité est légalisée dans votre pays ? En Iran, c'est un crime, tant selon la loi que dans la mentalité des gens. En revanche, la pédophilie est un crime dans votre pays, alors qu'en Iran, comme dans beaucoup de pays musulmans, les fillettes sont bonnes à marier dès l'âge de neuf ans. La polygamie est interdite dans votre pays, comme elle l'était auparavant, tandis qu'en Iran elle est pratiquée encore aujourd'hui. Les pays démocratiques et les pays de l'islam ont des lois si différentes qu'on croirait que mille ans les séparent.

Comme dit si bien Monsieur Racine dans sa préface à *Bajazet* : « L'éloignement des pays répare en quelque sorte la trop grande proximité des temps. Car le peuple ne met guère de différence entre ce qui est à mille ans de lui et ce qui est à mille lieues. »

L'Iran d'aujourd'hui ressemble à l'Iran de ces temps anciens où les mahométans ont proscrit le zoroastrisme, la religion du pays. La corruption des mœurs a tout affaibli, toute opposition est abattue. Privés de justice, de liberté, d'équité, les Iraniens sont humiliés devant le monde entier. La peur des uns, les intérêts des autres, la flatterie des plus vils ont corrompu tous les principes. L'iniquité triomphe, telle une allégorie des malheurs de la condition humaine. L'ignominie infligée à ce peuple ne semble pas perturber la tranquillité du monde. Il n'y a plus rien à attendre, à moins que quelque conjoncture imprévue ne vienne à l'aide du pays et du peuple. Sous le regard indifférent des gouvernements occidentaux, les autorités oppriment, condamnent, torturent, exécutent en toute impunité. Il n'est pas de l'honneur et de la dignité de l'Occident de s'allier avec des tyrans.

Et pourtant il le fait, l'Occident, non seulement avec ceux de l'Iran, mais avec tous les tyrans.

Hier, je me suis emportée contre les gouvernements occidentaux qui soutiennent et tolèrent la barbarie du régime iranien pour sauvegarder leurs intérêts économiques.

Un homme m'a répondu ceci :

— Que les gouvernements étrangers pensent avant tout à leurs intérêts et vendent leur âme démocratique pour bénéficier de contrats fructueux, sans se soucier de l'oppression subie par une autre nation, c'est bien sûr condamnable, mais que penser alors de ces mercenaires de l'ordre islamique qui se vendent pour une somme misérable et font subir à leur propre nation la pire des oppressions ?

Je ne pus que me taire.

« Dans chaque État, le désir de la gloire croît avec la liberté des sujets, et diminue avec elle : la gloire n'est jamais compagne de la servitude », écrivez-vous.

Il n'y a plus d'eunuques en Iran. Les hommes ne sont plus castrés physiquement pour surveiller les femmes du harem, mais l'Iran s'est transformé entièrement en harem, les femmes sont surveillées et les hommes castrés par la loi des mollahs. Les gardiens de l'islam, ces lâches qui ne se prévalent que de leurs armes à feu, affaiblissent le sentiment même de la vertu que l'on hérite de la nature, ils mettent leur honneur à surveiller les femmes des autres dans les rues et s'enorgueillissent du plus bas et du plus vil emploi qui soit. Frustrés, portés par la jalousie et le désespoir, ils brûlent de se venger du peuple. Cette situation a dégradé les esprits les plus hardis, terni l'éclat des dignités, obscurci la vertu même. Quelques-uns s'enrichissent de jour en jour et le peuple s'appauvrit de jour en jour.

Que peut-on attendre d'un régime misérable qui bâtit son empire sur une armée chargée de garder les femmes du pays ?

Les mollahs refusent aux femmes d'aimer les hommes, d'aimer l'amour, d'assumer et de satisfaire leurs désirs. Ils les tiennent dans un état d'impuissance, comme si l'impuissance à satisfaire le désir éteignait le désir. Ils craignent la force de la liberté et lui préfèrent la violence de la frustration. Ils privent les gens de toute liberté pour les empêcher d'en faire mauvais usage.

Les filles se vantent d'être vierges, mais peuvent-elles ne pas l'être sans craindre pour leur vie ? Elles se vantent d'une pudeur et d'une vertu qui ne sont pas libres, comme le souligne votre Rica.

Dans les universités, pour maîtriser la sexualité des jeunes, les autorités prirent un jour la décision d'ajouter du bromure aux repas des étudiants afin d'abaisser leur appétit sexuel. Les filles commencèrent à avoir du poil partout. Celles qui étaient belles se trouvèrent rapidement un mari et quittèrent l'université avant d'être obligées de se raser la moustache tous les matins. Celles qui n'étaient pas belles se vantèrent de leur diplôme et de leur vertu, moustache rasée tous les matins.

Les hommes et les femmes peuvent être fouettés sans avoir le droit de demander pourquoi. Quelle est leur faute ? Ils ne le savent point, mais les mollahs, eux, le savent, et cela suffit à humilier toute une nation au nom d'Allah. Coupable d'un regard amoureux, d'un sourire complice, d'un baiser furtif, vous serez fouetté. Voilà, cher Monsieur, dans quel état cruel vit le peuple iranien.

Ce peuple mérite-t-il les malheurs de sa condition ?

« Je sais combien crédule en sa dévotion
Le peuple suit le frein de la religion. »
écrit Racine dans *Bajazet* ; il était cependant croyant.

L'humiliation réciproque des deux sexes, dans tous les domaines, en est au point que plus rien n'est respecté, ni personne. Il n'y a rien de plus affligeant que les consolations que des hommes tirent du malheur de la condition des femmes dans les pays musulmans. La situation des hommes n'est cependant pas plus heureuse que celle des femmes. Ils sont privés des mille plaisirs que les femmes libres auraient pu leur offrir. Retenant les femmes dans la prison des dogmes, les hommes ne font que se languir. Accablés, hommes et femmes ne savent vers où, vers qui se retourner. « Dans ce despotisme érotisé », si les mollahs ne prenaient pas tant de précautions à mettre leur vie en sûreté, ils ne vivraient pas un jour, et leur régime ne subsisterait pas un mois.

Des femmes, combatives, cherchent sans cesse à renchérir sur le peu de droits qu'on leur donne. Elles ont plus d'un tour dans leur sac et ne manquent pas de ressources pour jouer des tours aux gardiens de l'islam. Elles affichent souvent un mépris sans mesure pour eux ; elles se relaient pour les faire courir derrière leurs mèches de cheveux subversives, leurs lèvres trop rouges, leurs attitudes aguicheuses, l'éclat de leur sourire, car sourire est interdit au pays des mollahs. Alors ces derniers doublent les effectifs de leur armée dans les rues, pour réprimer les caprices et les fantaisies des femmes. Ils courent nuit et jour sur la trace des bagatelles : tantôt les soldats de l'islam se précipitent dans une rue afin d'éloigner un jeune homme d'une fille, tantôt, l'oreille à la porte d'une maison, ils guettent les défaillants de la morale, qui écoutent de la musique, dansent, boivent et profitent de la vie.

Il y a ainsi comme un flux et un reflux de pouvoir et de soumission. Le système de répression soumet les femmes à la loi des mollahs et ces derniers, pour faire obéir les femmes, se transforment eux-mêmes en esclaves qui n'ont d'autre préoccupation que de veiller sur elles nuit et jour. Les fortunes qu'ils dépensent pour veiller sur les femmes sont autant de marques de leur servitude et de leur aliénation psychique.

Les jeunes, au risque d'être châtiés, trompent à leur tour les gardiens pour goûter à des plaisirs d'autant plus excitants qu'ils sont interdits. Quoi ? Ne seraient-ils venus au monde que pour obéir à la loi des mollahs qui font tout pour affliger leurs désirs, comme le dit votre Roxane à vous ?

Faut-il penser qu'ils sont assez crédules pour croire qu'ils ne sont sur terre que pour obéir aux dogmes islamiques ?

Je regarde les mollahs et leur rends bien leur mépris. J'étais née pour être libre. Depuis que ma raison m'a révélé leur fourberie et leur hypocrisie, depuis que je ne suis plus contrainte d'obéir à leur loi, la joie m'envahit. Ils n'ont dans la bouche que les mots soumission, obéissance, pudeur, devoir, vertu.

Et si la vertu, pourtant, n'était que l'accomplissement du plaisir ?

Que penser d'un peuple qui confond la vertu et la soumission ? Un peuple qui ne croit exister que pour subir, sortir de sa servitude lui semble inimaginable. Il ne peut concevoir que la liberté de penser et la liberté de vivre conviennent à sa destinée.

Le bon Dieu aurait donc établi que les mollahs sont les maîtres du pur et de l'impur et décident de ce qui doit lui sembler bon ou mauvais ? On ne badine pas avec les dogmes des mollahs. Ils se sont proclamés maîtres de Dieu, seuls dépositaires de sa volonté, et si celui-ci, par un malheureux miracle, osait se présenter devant eux et avoir un avis contraire, ils lui feraient la peau.

Que peut attendre ce peuple d'une religion qui l'humilie, le torture et ne lui laisse aucun espoir de vie ? De cette « secte mahométane », comme vous dites, qui a été établie en Iran non point par la voie de la persuasion, mais au fil de l'épée, par la guerre et la conquête ?

Le christianisme, plus proche du zoroastrisme, aurait mieux convenu aux Iraniens.

« Ne crois pas, ô dévot, échapper à Son zèle
Quelle est la différence entre chrétiens et
[guèbres
    Pas grand-chose »
dit Hâfez.

Une religion qui fait du vin le sang du Christ ne peut pas être tout à fait mauvaise. Et puis, il faut reconnaître que le christianisme, quoi qu'on en dise, est plus tolérant. Cette religion, à l'aube de sa création, fait une place à l'image féminine. Marie, la mère du Christ, n'est-elle pas adulée, encensée comme son fils ? Le Christ n'est pas le fils d'un homme mais le fils d'une femme.

La seule façon de se débarrasser des dogmes islamiques serait-elle de se convertir au christianisme ? Je vais y penser sérieusement.

N'y aurait-il pas moyen de faire entendre aux mollahs : on n'en veut pas de votre Coran, prenez-le sous le bras et fichez le camp ?

… Mon Dieu, il est quatre heures du matin ! Dans trois heures, il faut que je me réveille ; je vérifierai demain le genre des mots et recopierai ma lettre.

À bientôt, mon cher Montesquieu.

Je suis fort excitée, car demain soir je vais voir enfin *Bajazet* de Racine à la Comédie Française.

C'est une première pour moi, imaginez donc mon émoi.

Une future chrétienne ? Roxane.

PS : Le désordre est à son comble en Iran, comme il l'était dans le harem d'Usbek.

Lettre X

Monsieur Charles de Montesquieu
19 rue Gustave-Flaubert, 75017 Paris.

Cher Montesquieu,

Nous vivons dans une époque où la modernité est très à la mode. Pour tout vous dire, je ne suis ni moderne ni à la mode. Je cultive, non sans délectation, mon ignorance dans le domaine de la technologie et me réfugie dans la lecture des textes des siècles passés.

Les sociétés ont bien changé mais le cœur des hommes, hélas, non. Entre un système économique mondial sans aucune morale et la montée du fanatisme religieux, on est fort embarrassé. En Iran, grâce à Allah, pour ne pas dire Dieu, on a les deux : les dogmes barbares et le marché économique barbare. Les pauvres ne sont nulle part aussi méprisés et oubliés que dans des pays musulmans. Dans le monde d'aujourd'hui, mon cher Montesquieu, seul l'argent fait symbole. Seul l'argent existe et seul l'argent fait exister, et les gens n'existent que pour gagner de l'argent. *Money makes world...*

Il me semble que je me suis trompée de siècle, qu'il y a eu une erreur de temps et de lieu pour ma naissance. Je me suis toujours sentie plus à l'aise dans la peau des personnages de romans que dans la mienne. Comment ne pas s'identifier à votre audacieuse Roxane, malgré sa fin tragique, quand on est iranienne et qu'on s'appelle Roxane ?

Adolescente, lorsque je lisais les sagas historiques d'Alexandre Dumas ou les romans de Balzac, il me plaisait de m'imaginer sous les traits d'une belle dame de la cour, une femme blonde aux cheveux bouclés et aux yeux clairs – je préférais bleu vert. Exceptionnellement, je m'identifiais à Joséphine de Beauharnais, bien qu'elle fût brune. J'aurais voulu être l'héroïne d'un roman plutôt qu'exister réellement. Quelle idée de naître en Iran et en 1975 ! Il fallait vraiment manquer d'imagination ! Tout en gardant mon prénom et mes origines, j'aurais été beaucoup mieux sous votre plume ou celle de Racine.

J'ai un faible pour les fins tragiques.

Je n'ai jamais été iranienne que depuis que je suis à Paris. En Iran, j'étais moi-même, Roxane, c'est tout. Ici, tout le monde voit en moi une Iranienne. C'est horrible de n'être qu'une Iranienne. Je ne cesse de répéter cette phrase : je suis iranienne et, à force de le répéter, je me sens le devenir, sans savoir ce que c'est que d'être iranienne. Dès que j'ouvre la bouche, mon accent révèle mon étrangeté et aussitôt on me pose la question : d'où venez-vous ?

Lorsque je dis que je suis iranienne, on s'exclame « Ah ! », mais ce « Ah ! » n'a point la même signification que le « Ah ! » dont parle votre Rica. Parfois, il est suivi de : « Vous n'avez pas l'air d'être iranienne. » Car, paraît-il, les gens savent parfaitement à quoi ressemble une Iranienne, grâce à la télévision peut-être. Sûrement les Iraniens ne savent pas se voir avec l'œil étranger qui reconnaît en eux les Iraniens qu'ils sont.

On ne saurait se voir d'un œil étranger.

Nous vivons dans une époque où il ne faut surtout pas heurter les préjugés et chaque peuple a des préjugés sur les autres.

Parfois je me sens fort fatiguée. Quand on est immigré, il faudrait courir dix fois plus vite, travailler dix fois plus, dormir dix fois moins, apprendre dix fois plus que les Français pour construire une vraie vie ; il n'est pas facile de faire le chemin de plus de trois siècles en quelques années. Je savais que les premières années d'une vie d'immigrée seraient très dures, je m'y étais préparée, mais de temps à autre, je cède à la lassitude, je ne sais où puiser de l'énergie, je n'ai plus de foi dans l'avenir. Cependant, j'apprécie toujours la légèreté et la liberté de l'air parisien, mais je sens monter en moi, au fil des mois, d'abord volatil et éphémère, puis plus insistant, un sentiment de solitude qui mainte-

nant ne m'abandonne plus et seules m'en libè-
rent les heures où je vous écris. Soyez-en
remercié.

Un jour, à la Sorbonne, une fille suédoise m'a
demandé pourquoi je ne participais jamais aux
soirées organisées. J'ai regardé son visage lisse
et ne savais que répondre à cette jeune fille
de dix-neuf ans, par ailleurs très gentille. Elle
m'avait expliqué que le gouvernement suédois
donnait une bourse de douze mille francs par
mois aux jeunes bacheliers qui souhaitaient aller
en France pour apprendre le français. C'est ainsi
qu'elle s'était retrouvée à Paris. Moi, je n'avais
ni ses douze mille francs par mois, ni ses dix-
neuf ans. Le gouvernement de l'Iran envoie aussi
des boursiers dans les universités occidentales,
mais il faut respecter les dogmes islamiques,
porter le voile et surtout faire du prosélytisme.
À ce prix-là, je préfère mes petits boulots et ma
précarité.

On doit mener une belle vie d'étudiante à Paris
quand on a douze mille francs par mois.

Je vous quitte pour aller au travail.

Seule à Paris,
Roxane.

PS : Dans un état qui n'est ni tout à fait la veille
ni tout à fait le sommeil, mes songes m'empor-
tent loin, ou plus exactement vous amènent tout
près de moi. Je reste quelque temps dans le

délice de mes rêveries. Je ne puis vous exprimer ce que je ressens à ce moment-là, mais il m'arrive de me demander : que ressentiez-vous pour votre Roxane à vous ?

Lettre XI

Monsieur Charles de Montesquieu
7 rue Chateaubriand, 75008 Paris.

Cher Montesquieu,

Je vous disais, il y a quelque temps, le plaisir, que dis-je ? le bonheur que m'avaient inspiré mes premiers pas dans Paris. L'air que j'ai respiré ici me manquerait trop si – ce qu'à Dieu ne plaise, quel que soit ce Dieu – je devais un jour retourner d'où je viens ou m'installer dans quelque contrée du même acabit. J'y étoufferais, j'y mourrais. Mon cœur est à Paris. C'est à Paris que je peux vivre. C'est à Paris que je veux vivre.

Mais que la vie est difficile aussi à Paris ! Et que l'on peut s'y sentir seule tant que le hasard d'une rencontre ou quelque heureuse circonstance ne vous donne pas l'occasion de nouer une relation. Encore ce nœud est-il souvent fragile et risque-t-il de se défaire au moindre choc, peu serré qu'il était et plus fait pour enjoliver que pour attacher vraiment.

J'ai occupé de multiples emplois. En un an, je suis devenue spécialiste des travaux temporaires. Je ne me plains pas de l'économie, j'arrive à vivre et, après quelques formalités, j'ai pu bénéficier d'une aide sociale : l'allocation logement. Je ne prétends pas que le système social soit parfait en ce pays, mais je serais ingrate de dénoncer ses insuffisances, moi qui viens d'un pays où aucune protection sociale n'existe. D'autres s'en chargent, et c'est fort bien ainsi puisque le droit de critiquer est assurément la condition du progrès. Il suffit, pour s'en convaincre, de constater la stagnation des États où il ne s'exerce pas.

Je me plains moins du manque d'argent, bien que j'en gagne très peu, que de la solitude. Pour pleins de bonnes intentions qu'ils soient, beaucoup de Français manquent d'attention et vous pouvez dépérir à côté d'eux, vous consumer à petit feu et glisser insensiblement à la dernière extrémité sans qu'ils s'en aperçoivent, vous gratifiant imperturbablement le matin d'un « ça va ? » sans curiosité et le soir d'un « salut ! » sans attente, trop préoccupés d'eux-mêmes ou trop accablés de soucis.

Peut-être suis-je injuste, mais il est vrai que les Français vivent trop vite, occupés qu'ils sont soit à courir en tous sens pour trouver un travail, soit lorsqu'ils en ont trouvé un, à faire le long trajet qui les y conduit chaque matin et les en ramène chaque soir. Sans compter qu'avant de rentrer chez eux, ils doivent encore faire leurs courses au supermarché. Ils sont avides de tout, de voyages, de voitures, de restaurants, de spectacles et, lorsque leurs moyens financiers ne leur permettent pas d'acquérir ce dont ils rêvent, ils se contentent d'en rêver en regardant fort tard la télévision, et qu'importe si la journée qui s'annonce doit être aussi épuisante que celle qu'ils viennent de vivre ! Il faut toujours participer à quelque chose ou du moins faire semblant, et à la longue ça devient épuisant.

Allez vous étonner, après cela, que certains Français soient déprimés et trop soucieux pour prêter attention aux autres et que les meilleurs d'entre eux soient toujours disposés à sacrifier un peu d'argent aux nobles causes et aux grandes misères pourvu qu'elles demeurent lointaines !

Bien fatiguée et même déprimée,
Roxane.

PS : Je suis heureuse d'imaginer que vous pensez à moi. Je vous remercie de toute l'attention que vous me portez.

Roxane montait parfois au grenier, dont l'accès était pourtant interdit. La porte était fermée à clé, mais elle se glissait à l'intérieur par une petite fenêtre cassée. Il fallait être bien prudent pour ne pas se couper. Elle aimait ce lieu où l'on trouvait des choses bizarres et rares ; de vieilles valises en bois ou en tissu, dans lesquelles il y avait des albums de photos, des pacotilles à quatre sous, des colliers déchirés, des vêtements usés, des cartes postales, des dessins représentant les anges dans les cieux, des boîtes à coudre, à musique, des boîtes magiques. Il y avait aussi, dans ce fatras, des livres, ici et là, de vieux livres poussiéreux qui sentaient le moisi. Roxane aimait cette odeur, l'odeur du temps ancien.

Elle ouvrit un jour un livre au hasard et y lut ceci : « La mère de Zarathushtra, Dughdhovâ, était une fille dotée d'une grande beauté, d'une grande intelligence et aussi d'un pouvoir surnaturel. »

Intriguée, Roxane s'assit sur une valise et continua la lecture :

« Comme elle était menacée de mort par les mages qui jalousaient son pouvoir, son père l'envoya à quinze ans au Nord-Ouest de l'Iran, chez le roi d'Azerbaïdjan, Paitarâspa, auprès de qui elle trouva refuge et acheva son éducation. Le fils de Paitarâspa s'appelait Pourushâspa et avait l'âge de se marier. Les deux jeunes gens se rencontrèrent, s'aimèrent et se marièrent. La jeune mariée prépara la nuit de sa noce un breuvage sophistiqué qu'elle but avec son mari, et c'est ainsi que son fils fut conçu. La nuit de ses noces, la mère de Zarathushtra resta donc toujours vierge. Zarathushtra naquit dans les montagnes d'Azerbaïdjan... » Décidément, pensa-t-elle, il s'en était passé des choses dans les montagnes d'Azerbaïdjan : la naissance de Zarathushtra, l'assassinat de son grand-père, l'accident de son père et sa naissance à elle... « Zarathushtra naquit à un moment de l'histoire où tout allait mal, l'humanité était menacée par *Ahriman* (l'Esprit du Mal). Roxane aussi était née à un moment où tout allait mal dans sa famille... Le petit Zarathushtra naquit le premier jour du printemps, le jour où la nature entière se renouvelle. Au moment de sa naissance, l'enfant ne pleura pas. D'une beauté rayonnante, il était souriant ! Personne n'avait jamais vu une chose pareille. N'est-ce pas que tout enfant pleure en naissant ? Le sourire de Zarathushtra était donc la gloire de Dieu. Ainsi Zarathushtra fut le seul enfant qui rit au moment même où il naquit. Les forces du mal firent tout pour éliminer l'enfant. Les agents du mal montèrent des complots et à chaque fois ils échouèrent. La vie de celui dont Dieu était le protecteur fut sauvée des entreprises des mauvais esprits. Un jour, les sorciers ravirent le petit Zarathushtra, ils le jetèrent dans le feu pour le brûler, mais les flammes, sur l'ordre de Dieu, ne brûlèrent point l'enfant ; elles s'écartèrent et l'enfant dormit comme un ange dans le feu. Sa mère, informée, se jeta dans le feu, sans brûler elle non plus, et elle prit son enfant dans ses bras... Jour et nuit, des ravisseurs voulurent attenter à la vie de Zarathushtra. Ils le jetèrent devant une louve dont ils avaient tué les louveteaux. La louve, enragée, s'élança vers l'enfant qui la dompta aussitôt. Même la louve sauvage devint son amie... L'enfant fut éduqué jusqu'à l'âge de sept ans par sa mère, comme le voulait la tradition indo-iranienne de l'époque. Puis on le confia à un précepteur pour l'initier aux sciences et lui donner l'éducation qui convenait à son rang. La nature exceptionnelle de l'enfant fut reconnue. L'enfant Zarathushtra fut confié à un grand maître qui en prit soin comme de la prunelle de ses yeux. À quatorze ans, il dépassa tous ses maîtres. Il voyagea d'ouest en est, marcha sur l'eau, traversa les rivières, Dieu écarta l'eau sur son passage... Zarathushtra se retirait de temps à autre dans les montagnes. C'est là que la Révélation eut lieu ; l'Esprit de Dieu, sous la forme d'un ange, se présenta à Zarathushtra : « Dis-moi ton nom, ce que tu cherches dans le monde et ce à quoi tu aspires ! » lui demanda la voix de l'ange.

— Esprit Saint, je ne cherche que l'approbation de Dieu, mon seul désir est d'aller au-devant de ses ordres, car il est le maître des mondes ! répondit Zarathushtra...

Ahurâ Mazdâ (l'Esprit du Bien) élut Zarathushtra pour son prophète... »

Roxane ne savait pas à l'époque qu'elle lisait
les prémices du monothéisme, l'histoire d'une
religion intermédiaire entre les paganismes et
les trois monothéismes.

Quoi qu'il en fût, les histoires de Zarathushtra
aiguisaient son imagination. Elle les racontait à
ses camarades d'école et en inventait bien
d'autres.

— Dans une autre vie, je m'en souviens très
bien, j'étais la mère de Zarathushtra, ajoutait-
elle.

Elle aurait préféré de beaucoup être Zarathushtra lui-même, mais elle pensa que, comme
elle était une fille, être sa mère était quand même
plus raisonnable.

— Ce n'est pas possible, tu mens, rétor-
quaient ses camarades.

— Non, je ne mens pas, sinon comment pourrais-je savoir que mon fils a été sauvé de la louve
et du feu ? Je m'en souviens ; en réalité, je m'en
suis souvenue peu à peu. Vous ne vous souvenez
pas de vos vies antérieures, vous ? Tout le monde
a vécu d'autres vies.

Elle était influencée par le bouddhisme sans
le savoir.

Les enfants se regardaient, puis bougeaient la
tête en signe de dénégation. Aucun ne se souvenait de sa vie antérieure.

— Ah, ça va venir ! Peut-être que moi je m'en
suis souvenue plus tôt parce que je suis née à
sept mois.

— Ce n'est pas vrai, tu mens encore.

— Je ne mens pas, je suis née à sept mois dans les montagnes d'Azerbaïdjan, comme Zarathushtra, mon fils d'autrefois. Si je n'étais pas la mère de Zarathushtra dans une autre vie, alors dites-moi d'où me vient cette idée que j'étais sa mère ? Pourquoi je ne vous raconte pas que j'étais la femme d'Alexandre le Grand, bien qu'elle s'appelât comme moi Roxane, ou la mère de je ne sais quel roi ? En fait, une nuit, juste avant de m'endormir, j'ai vu le visage de mon fils Zarathushtra et c'est comme ça que je me suis souvenue que j'étais sa mère. D'ailleurs je ne vous demande pas de me croire.

Lettre XII

Monsieur Charles de Montesquieu
12 rue Stendhal, 75020 Paris.

Cher Montesquieu,

Paris vous réserverait bien des surprises si vous y reveniez aujourd'hui. On ne se déplace plus en carrosse mais en voiture à essence, comme partout dans le monde. Il existe aussi des moyens souterrains et aériens pour le transport : les hommes ont creusé la terre et conquis le ciel.

Les pays occidentaux bénéficient d'une richesse florissante jamais connue. Malgré cette abondance, il y a beaucoup de pauvres en France, comme dans beaucoup de pays occidentaux ! Mais cette pauvreté-là, grâce aux multiples protections sociales, n'est pas celle des pays les plus pauvres, d'où sont d'ailleurs souvent originaires ceux qui sont les plus pauvres dans les pays occidentaux.
Si modérés que soient mes désirs et mes envies, devant l'ostentation des étalages de richesses, je me sens parfois mauvaise conscience, comme si,

en m'abandonnant à la contemplation de ce monde d'abondance, je risquais d'oublier celui d'où je viens.

Je m'en veux aussi de ce scrupule. Qu'y a-t-il de mal, après tout, à vouloir jouir de l'existence ? La misère, que je sache, n'est pas une vertu, mais un malheur. Les tartuffes qui font de misère vertu pensent surtout à la vertu des autres et savent quant à eux se protéger de la misère.

Je me dis : curieux pays que ces pays occidentaux où l'état général et la santé morale se mesurent sur « l'indice de consommation » ! Cette mesure en vaut bien une autre, me direz-vous, et vous aurez bien raison. Je connais des pays où l'on serait plutôt tenté de mesurer l'indice de bigoterie et d'autres, comme les pays du Sud, où le terme d'« indice de consommation » relèverait de l'humour noir.

J'ai lu dans le journal que Paris est une des capitales d'Europe où les policiers se montrent avec le plus d'ostentation. Il n'est pas de bon ministre de l'Intérieur, en France, qui n'apparaisse un jour ou l'autre à la télévision pour parler de prévention et de répression. Les plus libéraux disent qu'il n'y a pas de répression efficace sans prévention, les autres disent l'inverse. De qui a-t-on si peur qu'on entende ainsi les réprimer faute de pouvoir les éduquer ? La liste est longue et s'y mêlent des catégories bien diverses, aussi bien les criminels qui braquent les banques, assassinent à l'occasion ou commettent des larcins d'importance que les trafiquants de la drogue, grands et petits, ou encore des jeunes gens des banlieues qui réussissent mal à l'école, cherchent en vain un emploi et ne trouvent d'échappatoire que dans la délinquance ou, lorsqu'ils sont mahométans, dans la religion. Il ne manque pas de mollaks, comme vous dites, pour les pousser dans cette voie, et quelques-uns sont même partis faire la guerre qu'ils appellent Djihad en Afghanistan. Les malheureux ! S'ils avaient la plus petite idée de ce qu'est un régime religieux, je pense qu'ils rougiraient de prétendre échapper aux duretés de l'exclusion par les folies de l'aliénation. Je crois bien que, s'ils jugeaient les pays qui leur servent de modèles et d'inspirateurs à l'aune de leurs exigences lorsqu'ils jugent celui où ils vivent, ils se persuaderaient aisément que leur avenir n'est pas ailleurs et qu'ils ont mieux à faire, ici, que de veiller à la vertu de leurs sœurs faute de les égaler à l'école. Certes ils ont quelques bonnes raisons de se plaindre. Mais leur remède est mille fois pire que le mal dont ils se plaignent. Il y a chez certains une paresse de l'esprit et un manque de courage qui les entraînent à céder au vertige de la haine et de la mort plutôt qu'à affronter les difficultés de la vie.

J'en reviens aux forces de police que l'on peut voir en France. Je n'ai pas remarqué pour l'instant qu'elles interviennent d'une quelconque manière dans ma vie privée ou dans celle des autres, qu'elles soient en quelque mesure concernées par ma manière de penser, de parler, de m'habiller, de croire ou de ne pas croire, d'être pour ou contre, d'être ceci ou cela, avec ou sans, ici ou là. Il me semble bien pourtant avoir noté dans quelques journaux l'écho du scandale soulevé en quelques occasions par tel ou tel abus de pouvoir commis par un membre des forces de police. Julie en a fait sa spécialité. Heureux pays que celui où l'abus de pouvoir fait scandale ! Tout au plus peut-on lui souhaiter de continuer dans cette voie, de rester vigilant, de ne pas s'endormir et de ne jamais succomber à la tentation du silence. N'est-ce pas là, cher Montesquieu, l'une des conditions de la liberté qui vous tient tant à cœur et dont l'évidence m'a enflammé le cœur dès que j'ai posé le pied sur le sol de France ?

Vive la liberté !
Roxane.

PS : J'ai pris goût à l'argumentation et vous en êtes cause. Je me sens moins seule quand je dispute avec vous.

Lettre XIII

Monsieur Charles de Montesquieu
2 rue Guy-de-Maupassant, 75016 Paris.

Cher Montesquieu,

Comme vous le savez, l'Iran s'est trouvé pendant des siècles à la charnière historique des guerres. Disputé qu'il était, à cause de sa position géopolitique et de ses richesses, entre les Puissances de l'Est et de l'Ouest, les Russes d'un côté et les Anglais de l'autre, les Iraniens n'ont pu préserver leur pays. La découverte du pétrole, puis du gaz naturel, n'a fait qu'attiser la convoitise des uns et des autres.

L'histoire a voulu que des gouvernements étrangers soient cause de tous les malheurs de ce pays. Nous sommes probablement le peuple le plus doué pour rendre toujours responsables les autres. Personne n'est jamais responsable de quoi que ce soit dans ce pays, la faute en est toujours aux autres. En premier lieu aux Anglais. Pour les Anglais, je l'avoue, c'est vrai : leurs gouvernements n'ont cessé de manigancer et de fomenter des complots macabres pendant des siècles. Un proverbe persan dit que les Anglais sont capables de vous couper la tête avec un simple morceau de coton. En deuxième lieu, ce furent les Russes, puis les Américains, et nos chers Français, les Allemands aussi, et n'oublions pas les Arabes qui ont entaché la gloire de la Perse avec leur religion. Ni les Grecs et Alexandre le Grand. Et bien sûr la barbarie des Mongols qui ont anéanti l'Iran. Quant au reste, ce peu de responsabilité qui aurait pu revenir aux Iraniens incombe bien sûr au Destin. Que voulez-vous ? Les Iraniens ne peuvent être des gens responsables ; ça fait partie de leur nature ; l'histoire l'a prouvé.

Mais quelles qu'aient pu être les atrocités commises par les Anglais ou d'autres gouvernements étrangers, les mollahs à eux seuls, en un quart de siècle, ont réussi à faire mieux.

Heureusement que les talibans ont anéanti l'Afghanistan, que le Rwanda a été ravagé par le génocide et que, dans de nombreux pays d'Afrique, les populations meurent de la famine, sinon les Iraniens n'auraient aucun soulagement à leur malheur. Ce qui les console, c'est de savoir qu'il y a des peuples encore plus misérables qu'eux. « Il ne faut pas être trop mécontents : il y a au Rwanda et en Afghanistan des gens bien plus misérables que nous », se disent souvent les Iraniens. Et le gouvernement se charge constamment de le leur rappeler, au cas où ils l'oublieraient.

Nous, Iraniens (j'écris nous mais c'est à contrecœur), passons notre vie à déplorer notre vie, mais nous ne faisons rien pour la changer.

Un jour Nasr Eddin, le personnage dont je vous ai parlé, demande à un couturier de lui faire un nouveau vêtement en urgence. Le couturier prend ses mesures et lui dit que, avec l'aide et la volonté d'Allah (Inch'Allah), il sera prêt la semaine suivante. Lorsque Nasr Eddin se présente la semaine suivante, le couturier lui répète la même phrase : « Avec l'aide d'Allah, je le terminerai la semaine prochaine. » Plusieurs semaines de suite, Nasr Eddin entend ce leitmotiv : « Avec l'aide d'Allah je le terminerai la semaine prochaine. » Enfin, après quelques semaines, Nasr Eddin perd patience et lui répond : « Si vous pouviez vous passer de l'aide d'Allah, ça m'arrangerait, car il est évident qu'il ne fait que vous retarder. »

Si seulement des musulmans avaient pu se passer de l'aide d'Allah et prendre leur destin en main, leurs conditions de vie en auraient peut-être été changées.

Il y a aujourd'hui, dit-on, plus d'un milliard de musulmans ! Comment ce pauvre Allah, à supposer qu'il existe, peut-il aider en même temps un milliard de musulmans ?

Il y a un paradoxe propre aux Iraniens. Bien qu'ils se disent musulmans, par la force de l'histoire, ils se sentent humiliés quand ils sont pris pour des musulmans, ou plus exactement quand ils sont comparés aux autres peuples musulmans. Ils se prévalent de leur langue indo-européenne, de leur civilisation antique et de leur Persépolis, bien antérieures à l'existence de l'islam. Ils ont toujours en mémoire une liste de noms dont ils se vantent à chaque fois qu'ils se sentent humiliés ou dénigrés : « Nous sommes du pays des *Mille et une Nuits* (encore aujourd'hui disputé entre les Arabes et les Iraniens) ; nous avons Firdoussi, Saadi, Hâfez, Omar Khâyyam... » Ils n'ont jamais assumé leur histoire ni leurs défaites successives dans les guerres qui ont embrasé le pays. Nous sommes un peuple défaitiste et fataliste, qui préfère fermer les yeux sur ses problèmes plutôt que tenter de les résoudre. Parfois je ressens un mélange de haine et d'amour pour ce peuple et j'ai l'intime conviction que je ne dois pas être la seule, parmi les Iraniens, à ressentir cela.

Nostalgiquement, Roxane.

PS : L'Iran restera à jamais le pays de mes souffrances. L'esprit humain, comme vous le dites, est la contradiction même. Je m'interroge d'ailleurs : parlerait-on encore de Persépolis et de la civilisation persane, s'il n'y avait pas ces puits intarissables de pétrole en Iran ?

Qu'en pensez-vous ?

Cher Montesquieu, Julie m'a appris une nouvelle qui m'a laissée sans voix. Elle veut aller en Iran ! Elle veut aller vivre pour quelque temps en Iran ! Elle est amoureuse d'un architecte iranien qui a décidé de retourner au pays. Lorsque je lui ai dit qu'elle serait obligée de porter le voile, elle m'a répondu que ce serait une expérience moyenâgeuse, qui pourrait se révéler intéressante et l'aider à comprendre ce qui se passe dans le monde d'aujourd'hui. Quand je lui ai demandé comment elle allait faire pour son travail, elle m'a répondu qu'elle ferait des reportages sur la société iranienne dans différents journaux français.

Il existe des gens à qui le malheur manque à un tel point qu'ils vont le chercher où ils pensent pouvoir le trouver. Ou alors c'est l'amour. Après tout, pourquoi pas ? S'il y a un être pour qui bat notre cœur, il ne faut surtout pas s'en séparer. Mais quand même, son Iranien, lui, aurait pu rester à Paris. Je ne sais pourquoi, cette histoire m'affecte plus qu'elle ne devrait. C'est vrai que je vais perdre mon travail et il n'est pas sûr que je puisse trouver quelqu'un comme Julie – son Iranien a dû penser la même chose. Mais cela me déprime de savoir qu'elle ne sera plus à Paris. Et puis, soupe au lait comme elle est, j'ai du mal à l'imaginer avec une belle-mère iranienne. Elle ne sait pas ce qui l'attend. L'amour possessif et abusif d'une mère musulmane pour sa progéniture mâle dépasse toute limite imaginable et inimaginable. Pour vous en donner une idée, tentez une expérience : prenez une mère juive, additionnez-la à une mère italienne, à supposer qu'elles soient additionnables, multipliez le résultat par dix, au moins par dix, et vous aurez votre mère musulmane. Il existe probablement une poignée de mères musulmanes qui échappe à cette formule, mais cette configuration concerne plus de 90 % des mères musulmanes, non largement plus, disons 97 %, même 98 ; je pense que 99 % serait plus juste, pour ne pas dire 99,9.

Cette règle, bien entendu, ne s'applique qu'à la prédilection de la mère musulmane pour sa progéniture mâle. En ce qui concerne la progéniture femelle, rien n'est plus simple : être une fille, c'est ne pas être un garçon.

Me trouvez-vous dure ?

Cette fois-ci je termine ma lettre.

Adieu mon cher Montesquieu,
Toujours vôtre, Roxane.

PS 1 : Peut-être que sa belle-mère n'oserait pas se comporter comme une vraie belle-mère digne de ce nom avec sa belle-fille « française ».

PS 2 : À l'idée de rechercher du travail, je suis découragée d'avance.

Lettre XIV

Monsieur Charles de Montesquieu
17 rue de Sévigné
75004 Paris.

Mon cher Montesquieu,

Dans la lettre CXLI, vous inventez un conte à la manière des *Mille et une Nuits*. Vous faites traduire à Rica une histoire, qu'il travestit pour une dame de la cour par qui il a été reçu. Il invente une certaine Zuléma, lettrée, cultivée et fort audacieuse, révoltée par les bassesses et les injures faites au sexe féminin ; pour contredire les hommes qui affirment que le Paradis leur est réservé, elle invente à son tour une histoire qu'elle dit avoir lue dans le livre d'un auteur inconnu. Dans l'histoire racontée par Zuléma, l'héroïne de votre Rica, une femme nommée Anaïs, enfermée avec d'autres femmes dans le sérail d'un mari jaloux, se révolte contre celui-ci, méprisant la terreur que son mari fait régner dans le sérail. Le mari plante son poignard dans le cœur d'Anaïs et l'assassine. Reçue au paradis, accueillie par des amants merveilleux, c'est elle qui à son tour habite un palais rempli d'hommes célestes destinés à ses plaisirs. Embellie et épanouie par les nuits passées dans les bras d'amants d'une beauté charmante, Anaïs ne perd cependant rien de son esprit et réfléchit à sa condition de vie terrestre ; sensible aux malheurs qu'elle a partagés avec d'autres femmes dans le sérail de son jaloux de mari, elle décide de les secourir. Elle ordonne à un homme du paradis de prendre la figure de son mari et de le remplacer auprès de ses autres femmes pour réparer les torts qu'elles ont subis. Chose dite, chose faite ; son souhait est accompli : l'homme céleste vient sur terre. Le mari est envoyé loin de chez lui et l'homme du paradis, sous la figure du mari, se fait aimer par ses mérites, libère les femmes, leur accorde les mêmes droits qu'aux hommes et leur fait ôter leur voile.

Les femmes jouissent-elles réellement d'un tel bonheur au paradis ?

Existe-t-il des amants célestes ?

Votre conte m'a bien amusée. Vous avez pris le contre-pied du Coran qui promet aux hommes des houris, des jeunes filles vierges après chaque coït au paradis, mais ne prévoit aucun plaisir du même genre pour les femmes. Il y a trois siècles, vous inventiez cette histoire pour dénoncer et condamner la situation des femmes dans les pays musulmans ; leur sort, hélas, ne s'est guère amélioré ; il y a encore beaucoup à faire. Pour-

riez-vous nous envoyer le sauveur du paradis ?
Il nous manque aujourd'hui.

Vivent les lumières,
Roxane.

PS : Les penseurs comme vous manquent
aussi cruellement à notre époque.

Lettre XV

Monsieur Charles de Montesquieu
2 rue Racine, 75006 Paris.

Cher Monsieur Montesquieu,

Où que j'aille, qui que je voie, à cause de mon accent on me demande toujours d'où je viens, où vit ma famille, comment est la situation en Iran, ce que je pense du régime… Évidemment, à chaque fois, c'est une personne différente qui m'interroge, mais, à chaque fois, c'est moi qui dois répondre. Je ne sais si cela traduit de l'intérêt, ou seulement de la curiosité. On dirait que les gens ont du mal à imaginer que l'on puisse être persane et avoir d'autres préoccupations. Comme les questions ne varient pas d'un interlocuteur à l'autre, j'ai décidé de varier les réponses, pour me divertir un peu. Je ne sais donc à qui j'ai répondu quoi. À force d'entendre ces questions, il est difficile de ne pas penser au passé.

Le paradoxe, c'est que tout me ramène au passé. Quand je vivais en Iran, je rêvais d'une autre contrée, et maintenant que j'y suis enfin arrivée, je ne pense qu'au passé.

L'autre jour, chez Julie, un de ses amis me demanda :

— Comment est la situation là-bas ?

— Mais, là-bas, c'est ici ! rétorquai-je.

Il me regarda d'un air étonné, croyant probablement que je n'avais pas compris sa question en français. Il reprit :

— Je veux dire : les gens en Iran vivent-ils difficilement ?

— Oui, mais pas tout le monde, répondis-je.

Pendant des années, « là-bas », c'était pour moi votre pays ou l'Amérique. « Là-bas », c'était la contrée magique, rêvée, imaginée, inaccessible. « Là-bas », c'était où je rêvais d'aller vivre. « Là-bas » c'était le pays de la liberté. Pendant des années, « là-bas » c'était la France, l'Amérique, et maintenant « là-bas », c'est l'Iran !

Est-ce possible, un tel renversement ?

Il arrive souvent que les gens me posent toutes sortes de questions à propos de « là-bas ».

Je ne sais plus où j'en suis, « là-bas » ou ici, et je ne sais plus non plus où est ici et où est « là-bas ».

Ai-je perdu, en arrivant en France, ce merveilleux « là-bas » ?

Je croyais qu'en parcourant les royaumes étrangers, les chagrins ne sauraient plus m'accabler, que les choses nouvelles sauraient me recréer. Mais il n'en est point ainsi. Enfermée dans une affreuse solitude, je suis environnée du même passé, dévorée par les mêmes fantômes. J'espérais que je serais délivrée de l'éducation dogmatique. Hélas ! je n'étais libérée que de la menace des dogmes, sans pouvoir réparer les dommages qu'ils avaient causés en moi au long des années. Je me sens mutilée, amputée de plus de vingt années. Tout m'inspire le regret des années perdues, de tout ce que je n'ai pas connu, de tout ce dont j'ai été privée : la liberté, le droit au plaisir. Je me sens désolée ; mille grâces naturelles m'avaient été refusées au pays des mollahs. Je me dis souvent que si j'étais arrivée en France plus jeune, ma vie aurait été plus facile. Pour comble de malheur, j'ai aujourd'hui la liberté sans connaître l'art de la vivre. Je ne sais que faire avec cette liberté.

J'ai le sentiment que ma liberté mesure dix mètres carrés, la taille de ma chambre de bonne. Une liberté de dix mètres carrés, au sol bien entendu, allongée par terre, car la chambre est mansardée ; à mesure que je me lève, ma liberté et la taille de la chambre rétrécissent. Par chance, je ne suis pas très grande et ne porte jamais de chaussures à talon.

Ça compte, quelques dizaines de centimètres.

Dans cette chambre, tout ce qui m'importune se présente à mon esprit, une tristesse m'envahit, je tombe dans l'accablement, il me semble que je m'anéantis. Je me perds et m'absente de Paris. Bien que j'aie quitté mon pays, lui ne m'a pas quittée. Je voulais oublier mes souvenirs et le passé, mais eux ne m'ont pas oubliée. Malheureuse que je suis, parfois j'oublie que je suis à Paris et à mille lieues des gens que j'ai fuis.

Découragée, je néglige ce qui m'est indispensable : le travail et la persévérance. Tout espoir m'abandonne et je m'abandonne à de tristes pensées. « Je m'échappe tous les jours et me dérobe à moi », comme dit Montaigne. Les souvenirs m'affligent souvent d'un mal vertigineux, au-delà de toute imagination.

Je dépose en votre cœur mes peurs et mes incertitudes ; votre générosité est ma seule consolation.

Tristement, Roxane.

PS. Dans des villes où j'ai vécu, il y a des garçons qui m'ont aimée. Certains jours je regrette et me demande : n'aurais-je pas été plus en sûreté d'en épouser un plutôt que d'errer dans cette contrée ?

Lettre XVI

Monsieur Charles de Montesquieu
3 place Paul-Verlaine, 75013 Paris.

Cher Montesquieu,

L'ardeur au travail, la soif de connaissance, de savoir, la passion d'acquérir, de s'enrichir, de se cultiver et d'apprendre animent de plus en plus les peuples occidentaux. Le désœuvrement, la paresse, l'ignorance dominent dans beaucoup de pays musulmans. Dans ces pays, les hommes que le désœuvrement occupe toute la journée sont fiers d'être des hommes, des vrais, des virils, car, paraît-il, l'organe génital masculin suffit à faire l'homme. Pour eux, comme le souligne votre Rica, les Français, les Anglais, les Hollandais, les Américains... se sont efféminés et ne sont pas de vrais hommes ; fiers de leur entrejambe, qui, selon les lois mahométanes, leur assure bien des avantages sur les femmes, ils jugent que tout ce qu'un homme entreprendra affaiblira sa virilité.

Bien souvent, quand un malheur naturel arrive dans ces pays, un tremblement de terre par exemple, ces hommes virils, pleurnichant, se frappent la tête et attendent que les Occidentaux efféminés viennent à leur secours.

Comme le fondateur de l'islam était un analphabète, l'attachement à l'analphabétisme reste bien ancré chez ses adeptes, quatorze siècles plus tard. Des populations entières, dans beaucoup de pays musulmans, sont analphabètes et croient fanatiquement à la sacralité d'un livre dont elles ne peuvent déchiffrer un seul mot. Leurs gouvernements font tout pour les maintenir dans cet état d'ignorance et leur font prendre les fables qu'ils leur débitent pour des vérités divines.

Pendant ce temps, les peuples occidentaux, concurrencés par les grandes nations d'Asie, se raffinent tous les jours.

Vous ne pouvez imaginer à quel train la science avance ; la seule lecture du journal donne le vertige à quiconque s'avise d'en prendre connaissance. Je suis sûre que vous êtes curieux de savoir où en est la science dans le monde d'aujourd'hui.

Voilà que les savants étudient des galaxies situées à quelques millions d'années-lumière de chez nous ! Pour eux, l'espace ne suffit plus à mesurer les distances ; ils font appel à la vitesse de la lumière et substituent l'infini du temps à l'infini de l'espace. En attendant de pouvoir voyager dans le temps, ils explorent les cantons les plus proches de la Terre. L'homme a marché sur la Lune. Bientôt il débarquera sur Mars. Mais ce ne sera pas un territoire inconnu : les planètes du système solaire sont cartographiées jusque dans le détail. On y dépose des instruments qui en étudient la composition, en mesurent le relief et en sondent le sous-sol pour préparer les installations futures. L'homme a commencé de prendre physiquement possession des lieux sur lesquels il ne régnait, naguère encore, que par l'imagination et les mythes.

En sens inverse, les machines que les savants expédient dans l'espace leur permettent d'examiner la Terre de loin et sous toutes les coutures. Ils s'inquiètent des menaces que les industries humaines font peser sur son atmosphère et tâchent d'imaginer le moyen de développer les sociétés sans tuer la terre.

J'aurais bien aimé faire des études scientifiques. Si j'étais née dans un pays démocratique, c'est sûrement ce que j'aurais fait. À vingt-cinq ans passés, il est trop tard pour entreprendre de telles études.

Il y a six milliards d'humains sur terre, imaginez-vous cette multitude ? Les biologistes commencent à percer les secrets de l'hérédité et de la vie. Déjà, dans les pays d'Occident, on s'était donné les moyens de faire l'amour sans faire d'enfants. Maintenant on peut faire des enfants sans faire l'amour. Les plus optimistes estiment que l'amour n'aura rien à perdre d'être ainsi rendu à la liberté.

Certains affectent de se scandaliser, effarouchés à l'idée que des humains osent prétendre à des privilèges qui leur font peur et qu'ils préfèrent réserver à leur Dieu.

D'autres enfin, qui ne sont certainement pas les plus sots, s'inquiètent des moyens de nourrir

cette masse humaine et d'en modérer la crois-
sance.

C'est une chose bien étrange : dans ce même
moment de notre histoire où certains hommes
s'emploient à triompher des maladies jusqu'ici
invaincues, à visiter les astres ou à reproduire
l'énergie du soleil, d'autres ne se soucient que du
voile des femmes ; ils se demandent quel tissu,
quelle couleur, quelle longueur seraient aptes
à mieux dissimuler la chevelure des femmes,
de quel pied, le droit ou le gauche, il faut entrer
dans les toilettes, et s'il est permis de manger
une volaille sodomisée...

Certains exégètes de l'islam radotent depuis
des siècles pour ne rien dire et il est quasiment
impossible de déceler une parole sensée dans
leurs discours.

Le progrès de la technologie est tel que
l'homme est capable de faire sauter la planète
Terre. Les prophéties de tout genre ne manquent
pas. Les plus pessimistes présagent une fin prochaine, des guerres spectaculaires où des centaines de millions d'êtres humains périront. Les
plus optimistes font remarquer que ce genre de
prophéties a toujours existé, et que ça n'a pas
empêché la terre de tourner ni les hommes avec.
Bien des prophètes sont morts et l'histoire et la
vie continuent.

L'homme jusqu'ici n'avait jamais acquis un tel
pouvoir de destruction. Si grandes qu'aient été
la rage, la cruauté et la folie de Gengis Khân,
ce n'était pas avec une armée à cheval que l'on

pouvait détruire la planète. Mais avec des bombes nucléaires d'une puissance inimaginable, si. Enfin voilà, cher Monsieur, la terre ne tourne pas rond.

J'ai rencontré le fiancé de Julie, l'homme iranien dont je vous ai parlé ; à ma grande surprise, je ne lui ai pas trouvé des « attitudes iraniennes ». Il est assez beau et a l'air charmant. Qui sait ? Peut-être que Julie a fait le bon choix.

Elle part dans quelques semaines pour le rejoindre à Téhéran, et moi, je n'ai toujours pas trouvé d'autre emploi.

À la recherche d'un travail,
Roxane.

PS 1 : À la lumière de vos écrits, je tente d'oublier la clameur hargneuse des hallucinés de l'ombre qui retentit encore dans mon pays, mais aussi les folies de notre monde de plus en plus impitoyable.

PS 2 : Vous écrire me permet de sortir de moi-même.

Lettre XVII

Monsieur Charles de Montesquieu
4 rue Pascal, 75005 Paris.

Cher Monsieur,

Cela fait près de deux ans que je suis à Paris
et il y a plus d'un an que je vous écris. Je viens
de commencer l'université, mais je reste déprimée et ne sais quelle en est exactement la raison.
Est-ce la solitude, l'excès de travail, la fatigue, la
lassitude, la nostalgie, le mal du pays, ou alors
juste un état mélancolique ?

Je devrais être satisfaite ; depuis le temps que
je rêvais d'être étudiante à Paris, voilà enfin
mon vœu exaucé. C'est plutôt une réussite,
mais il faut croire que la réussite ne me réus-
sit pas. La réussite m'angoisse tandis que
l'échec me donne le désir de réussir. Quand les
choses s'arrangent d'un côté, de l'autre elles se
détériorent. Je me demande ce qu'un esprit
aussi sage que le vôtre me conseillerait. Comment pourrais-je me doter d'un peu de votre
sagacité ?

Pour acquérir la sagesse, faudrait-il traverser les champs de la folie ?

J'aimerais tant pouvoir arracher ma vie d'aujourd'hui à celle d'hier, mais cela est impossible. La vie, les souvenirs et le temps ne sont pas linéaires, on ne peut pas couper où on veut. Il faut que je vous l'avoue, je sens parfois une indicible douleur à la pensée d'avoir perdu de vue le pays de mon enfance.

Depuis que je suis à Paris, ma famille, mes souvenirs se présentent souvent à mon esprit, une inquiétude m'envahit et me fait retrouver ce que depuis toujours j'ai tenté de fuir. Ce qui m'afflige le plus, ce n'est peut-être rien d'autre que d'être dévorée par le passé. Je ne puis finir une journée sans que l'intrusion du passé me perturbe. On vit si peu le présent. Les expériences que j'ai connues dans mon pays sont si éloignées du monde de Paris que je ressens un trouble, comme si c'était une autre qui les avait vécues, mais je prends conscience aussi que cette autre n'est autre que moi-même. Mon Dieu, suis-je divisée en deux ? Ne suis-je donc pas celle que je suis ?

Je vais assez mal et je ne sais que faire pour aller mieux. Que j'étais crédule ! Je croyais qu'une fois à Paris, la vie serait douce. Je croyais me connaître. De tous les gens que je vois, je n'en connais aucun. Je n'ai pas de famille, pas d'amis, ma solitude est infinie.

La vérité est-elle un fardeau qu'il faut endosser envers et contre tout ? Je manque de folie et de sagesse, de courage aussi. Je me sens de plus en plus attristée. Il faut que je me ressaisisse, il faut aussi que je trouve un travail.

Désespérément, Roxane.

PS : Les paysages de l'Iran ont l'odeur de mon enfance.

… sans avoir rien fait de mal, il fut arrêté.
… sans avoir rien fait de mal, elle fut arrêtée.
… sans avoir rien fait de mal, je fus arrêté.
… sans avoir rien fait de mal, tu fus arrêté.
… sans avoir rien fait de mal, ils furent arrêtés.
… sans avoir rien fait de mal, vous fûtes arrêtés.
… sans avoir rien fait de mal, nous fûmes arrêtés.
… sans avoir rien fait de mal, elle, il, je, tu, ils, vous, nous fûmes arrêtés.

Les romans de Kafka, notamment *Le Procès* et *La Métamorphose*, où se juxtaposent cruautés, fantasmes et absurdités, correspondent à merveille au climat idéologique et politique de l'Iran. La vérité n'est jamais à la portée des héros de Kafka, et la réalité, sous ses apparences trompeuses, ne fait qu'ensevelir davantage la vérité. Quand le héros de *La Métamorphose* se réveille un matin, il est devenu un effroyable insecte, tout en restant intérieurement l'homme qu'il fut. Il découvre également la métamorphose de tout son entourage en impitoyables bourreaux qui finiront par l'exclure. Cette nouvelle rappelle aux lecteurs iraniens les contes des *Mille et une*

Nuits, où les hommes transformés en chiens ou en ânes gardent cependant leur nature et leurs sentiments humains, mais elle pourrait traduire aussi la métamorphose du monde iranien actuel qui est aujourd'hui un lieu d'exclusions et d'exécutions.

Les scènes kafkaïennes ne manquent pas en Iran. Ce n'est pas un hasard si, dans ce pays où même les gens lettrés lisent très peu, Kafka est un des romanciers les plus en vogue dans les milieux intellectuels.

« Il fallait qu'on ait calomnié Joseph K. : un matin, sans avoir rien fait de mal, il fut arrêté. » Le succès d'un roman qui débute ainsi est assuré en Iran, l'identification au héros est immédiate, quelle que soit la suite du roman et quelle que soit la compréhension du lecteur. Être arrêté sans avoir rien fait est si familier aux Iraniens que l'univers kafkaïen est leur lot quotidien. Nuit et jour, il y a des situations tout droit sorties des romans de Kafka dans les rues de l'Iran.

Roxane se déplaçait maintenant à vélo. Se perdre et se retrouver dans les rues et les ruelles qu'elle ne connaissait pas, découvrir le Paris nocturne à vélo, était une nouvelle liberté.

De la place Denfert-Rochereau à Belleville (où habitait Julie) et de Belleville à la place Denfert-Rochereau, Roxane choisissait des itinéraires différents. Tantôt elle prenait par Nation et gare de Lyon, tantôt par Bastille et le pont Sully, tantôt elle suivait les Grands Boulevards et allait jusqu'à l'Opéra, descendait au Palais-Royal et passait sous les guichets du Louvre, tantôt elle se dirigeait vers la Madeleine, puis la place de la Concorde, et remontait le boulevard Saint-Germain... Il lui arrivait même de pousser jusqu'aux Champs-Élysées et de traverser le pont de l'Alma en jetant un coup d'œil sur la tour Eiffel illuminée.

Ce soir-là, la rue de l'Orillon, à Belleville, était bloquée à cause des travaux. Roxane tourna à gauche dans une petite rue étroite. Une voiture de police surgit en face d'elle et la fit arrêter. Un policier descendit.

— Savez-vous que vous roulez en sens interdit ?

Elle s'excusa, et dit que, comme c'était une
toute petite rue et qu'il n'y avait aucune voiture,
elle ne s'en était pas rendu compte.

— Et quand vous êtes au volant, vous faites
pareil ?

— Je n'ai pas le permis de conduire, je n'ai
jamais fait de moto non plus et c'est pour ça que,
bien qu'à vélo, j'ai encore les habitudes d'une
piétonne.

— Et en tant que piétonne vous ne respectez
pas le feu rouge pour traverser la rue ?

— Bien sûr que si.

Elle leur demanda de lui pardonner. Comme
il n'y avait aucune voiture dans la rue, elle n'avait
pas prêté attention au sens interdit ; d'habitude
elle descendait par la rue de l'Orillon...

Le policier lui demanda sa carte d'identité.
Elle dit qu'elle n'avait pas ses papiers sur elle,
mais qu'elle avait une carte de séjour.

— Vous êtes de quelle nationalité ?

— Je suis iranienne.

— Ah ! Et vous ne savez pas non plus que vous
devez avoir une pièce d'identité sur vous ?

Roxane expliqua qu'elle habitait rue Daguerre
et travaillait chez une journaliste qui habitait
tout près. Le policier lui répondit qu'il fallait
qu'elle l'accompagne au commissariat. Roxane
leur dit qu'elle n'avait rien fait de grave, qu'elle
s'excusait pour le sens interdit, que désormais
elle ferait attention aux signaux, qu'elle n'était
pas une sans-papiers. S'ils l'accompagnaient jusque chez Julie, qui habitait à deux pas, ils ver-

raient qu'elle ne mentait pas ou, s'ils l'accompagnaient chez elle, elle pourrait leur montrer sa carte de séjour. Mais les policiers déclarèrent que cela ne faisait pas partie de leur devoir et qu'elle devait les accompagner au commissariat.

Au commissariat, Roxane leur donna le numéro de téléphone de Julie.

— Vous allez attendre dans la cellule.

— Mais je n'ai rien fait de mal.

— Vous avez enfreint la loi et vous n'avez aucune pièce d'identité sur vous. Dans ce pays, on respecte les lois. Entrez dans la cellule.

— Pourquoi je ne pourrais pas attendre ici dans un coin ?

— Parce que c'est un commissariat. Entrez.

— Je ne peux pas entrer dans une cellule.

— Vous allez attendre dans la cellule jusqu'à ce qu'on appelle votre employeur pour qu'elle apporte des papiers justificatifs de votre identité, vous aurez une amende pour le sens interdit et puis vous pourrez partir.

Prise d'angoisse, elle insista et dit qu'elle ne pouvait pas entrer dans une cellule.

— Madame, entrez dans la cellule, s'il vous plaît, cria le policier.

Elle paniqua, perdit ses moyens, se mit à trembler. Les policiers crurent qu'elle était une sans-papiers ou qu'elle avait des choses à se reprocher. Ils haussèrent le ton.

— Madame, je vous le répète pour la dernière fois, soit vous entrez dans la cellule, soit on vous y met avec des menottes.

Elle tremblait, les suppliait, répétait qu'elle ne pourrait supporter ça. Le policier la fit entrer dans la cellule.

Une minute s'écoula... Une dizaine de minutes s'écoulèrent. Un policier appela Julie. Elle devait aller chez Roxane et apporter sa carte de séjour au commissariat.

Roxane était seule dans la cellule. L'odeur de sueur, de crasse, d'urine l'envahit ; la mémoire olfactive saisit son corps. L'angoisse, tel un garrot, lui serrait le cou.

Son monde bascula.

Elle se mit à hurler.

Un policier ouvrit la porte.

— Votre étrangère a complètement disjoncté !

— Elle est folle celle-là, s'exclama un autre.

Plusieurs policiers entrèrent dans la cellule et essayèrent de retenir les mains de Roxane pour les menotter. Elle se débattait contre le mur, contre le sol, contre l'odeur. Ils l'allongèrent par terre. Elle se débattait, hurlait, délirait en persan. Un serpent se tordait en elle.

Elle n'était plus en France.

Elle n'était plus à Paris.

La terre s'était retournée.

Elle était à Ispahan.

Roxane, Nahid et Zahra arrivèrent le matin à Ispahan. Elles avaient voyagé toute la nuit. Elles avaient pris l'autocar à Bandar Abbas, sur le golfe Persique, où elles étaient étudiantes. Aucune des trois ne connaissait Ispahan. Le programme était simple : visiter la ville pendant le week-end et dormir deux nuits chez des amies étudiantes, puis retourner à Bandar Abbas. Les filles seules n'avaient pas le droit de louer des chambres d'hôtel. Aucune des trois n'avait prévenu sa famille de ce court voyage.

Zahra, fille d'un ayatollah renommé, était, comme Roxane, de Téhéran. Nahid était d'origine turkmène, le visage dessiné par le vent du désert, les yeux vert et miel, les cils noirs, les lèvres charnues, le nez aquilin, la peau mate ; sa beauté, sans aucun maquillage, dépassait de loin celle de Kim Basinger ou de Sophie Marceau. Tous les garçons de l'université, tous les hommes de Bandar Abbas étaient amoureux d'elle et beaucoup de filles jalouses d'elle. Les regards s'éveillaient sur son passage, couraient derrière elle, la pénétraient de dos ; les regards des hommes, brûlants de désir, le désir de la posséder ;

les regards des femmes, brûlants de désir, le désir de lui voler sa beauté, de lui crever les yeux, ses yeux vert miel qui embrasaient le cœur des hommes, le cœur de tous les hommes.

Malgré le voile, il n'y avait d'homme qui vît son visage et ne perdît la tête. Elle recevait des dizaines de lettres d'amour par semaine. Sa mère l'avait mariée dès l'âge de treize ans. Son mari était mort au début de la guerre Iran-Irak. Emprisonnée sous le toit de ses beaux-parents, elle avait passé son bac par correspondance, en dépit de leur opposition, avait bénéficié des quotas réservés aux familles de martyrs de l'islam et était entrée à l'université. La famille de son mari avait obtenu la garde de ses deux fils et l'empêchait de les voir depuis qu'elle était devenue étudiante. Veuve et mère de deux garçons, à vingt-deux ans, les vicissitudes de la vie n'avaient fait qu'approfondir l'immensité de son regard souriant et triste.

Toute la journée, les trois filles avaient marché, visité Ispahan. Elles allèrent au pont de Khâdju, sur la rivière Zâyandeh, où elles avaient rendez-vous avec leurs amies étudiantes. Épuisées, elles s'assirent à même le sol, elles enlevèrent leurs chaussures et leurs chaussettes pour laisser à l'air leurs pieds couverts d'ampoules enfermés depuis plus de vingt-quatre heures.

— Que c'est beau Ispahan ! Magnifique ! Sublime !

Elles se mirent à fredonner une chanson populaire sur Ispahan :

— « Si un jour je retourne à Ispahan... »

Quatre passdarans, les gardiens de l'islam, surgirent, kalachnikov à l'épaule. Elles se turent aussitôt.

— Levez-vous !

Elles obéirent.

— On enlève comme ça ses chaussures et ses chaussettes, vous vous croyez où ?

— On avait très mal aux pieds et il n'y avait personne.

— Dès qu'il n'y a personne, on se déshabille, c'est ça ? Avancez !

— Qu'est-ce qu'on a fait ?

— Avancez !

— On ne s'est pas déshabillées, on a juste enlevé nos chaussettes. On a notre voile, notre manteau, notre pantalon, on est sans maquillage et il ne dépasse pas une seule mèche de cheveux de notre voile. Vous pouvez quand même comprendre ce que c'est que d'avoir mal aux pieds, non ?

— Ce n'est pas la peine de discuter, avancez ! leur ordonna un des gardiens en les poussant avec sa kalachnikov. On va voir ça au comité

— Mais on n'a rien fait de mal.

— On va voir ça au comité. On vous apprendra à vous masser les pieds devant tout le monde.

Les gens les regardaient de loin sans s'approcher.

Les comités islamiques, dans chaque quartier et dans toutes les villes d'Iran, sont chargés de veiller au respect de la morale islamique et, lorsque les hommes des comités interpellent quelques malchanceux parmi les passants, jamais personne n'intervient.

— On ne vient pas au comité, on n'a rien fait ! Avoir des ampoules aux pieds n'est pas encore interdit aux femmes, qu'on sache ?

— Toi, tu as la langue bien pendue, je commence à perdre patience.

— Mais pour quel motif vous nous arrêtez ?

— Qu'est-ce que vous faites, déjà, trois filles comme ça ?

— Comment ça comme ça ?

— Comme ça, ici, à cette heure-ci.

— Mais ce n'est que l'après-midi. On est là comme tout le monde.

— Vous venez d'où ? Vous n'avez pas l'accent d'Ispahan.

— Nous sommes étudiantes à Bandar Abbas. Elles sortirent leur carte d'étudiante pour le prouver. (Il n'est pas d'usage en Iran d'avoir sa carte d'identité sur soi).

— Et qu'est-ce que vous faites ici, à Ispahan ?

— Nous sommes venues visiter la ville.

— Vous avez de la famille ici ?

— Non, on va dormir chez nos amies étudiantes, au dortoir.

— Vous voyagez comme ça, sans homme pour vous surveiller ?

— Mais on est majeures et étudiantes à l'université !

— Parce que vous êtes étudiantes à l'université, vous croyez pouvoir tout vous permettre, c'est ça ? Avancez et ne nous obligez pas à employer la force.

— Mais qu'est-ce qu'on a fait de mal ?

— On va vérifier tout d'abord si vos familles sont au courant que leurs filles se trouvent à Ispahan.

— On va les appeler, pas de problème.

— Avancez, on va les appeler du comité.

— On pourrait les appeler d'une cabine téléphonique... D'ailleurs nos amies ne vont pas tarder à arriver, nous avons rendez-vous ici.

Roxane, Nahid et Zahra savaient, comme tous les Iraniens, que les hommes des comités étaient capables de tout et qu'une fois entrées dans les locaux du comité personne n'était en mesure de dire dans quel état elles en sortiraient, si jamais elles avaient la chance d'en sortir. Il fallait donc à tout prix faire durer la négociation et gagner du temps pour que leurs amies arrivent et puissent prévenir leurs familles.

— Avancez !

Les quatre hommes aux kalachnikovs les firent avancer vers leur 4 × 4.

— On ne vient pas au comité. On va appeler nos familles d'une cabine. Vous n'avez pas le droit de nous arrêter, nous n'avons rien fait de mal. On a les pieds blessés et on voulait juste mettre des pansements dessus. Ce n'est pas un crime ça.

— Si vous ouvrez une fois encore la bouche, je vous fais rentrer les dents dans le ventre, dit un des passdarans en les menaçant de sa kalachnikov.

Les filles furent poussées dans le 4 × 4. Roxane et Nahid regardèrent Zahra pour qu'elle dise qu'elle était la fille de l'ayatollah Silam, mais pour Zahra c'était hors de question, elle craignait encore plus son père que les hommes du comité.

Les gens regardaient le spectacle.

Le 4×4 traversa le centre d'Ispahan. Pour quelques instants, les filles oublièrent qu'elles venaient d'être arrêtées. Elles regardaient la ville.

— On voit la ville en 4×4 autrement, pensa Roxane.

Puis l'angoisse reprit.

— C'est du surréalisme.

— C'est quoi ? demanda un des gardiens.

— Rien.

Dans les locaux du comité, des photos de Khomeyni, le « guide » de la révolution islamique, de Khamenei son successeur, des calligraphies de sourates du Coran en arabe étaient accrochées aux murs.

« Nous sommes les défenseurs de l'islam », était-il inscrit sous les sourates du Coran.

Ils firent entrer les trois filles dans trois cellules différentes.

— Mais pourquoi vous nous séparez ? Allez-y, appelez nos familles ! dit Roxane.

— Ta gueule ! cria un des gardiens en la poussant dans une cellule sans fenêtre.

Si arbitraire que soit l'arrestation des filles en Iran, dans le meilleur des cas les parents doivent se présenter au comité avec l'acte notarié de propriété de leur bien immobilier, qu'ils laissent en gage pour faire libérer leur fille, après avoir signé une déclaration précisant que, en cas de récidive de sa part, ce bien sera confisqué.

Après chaque arrestation, les personnes interpellées sont interrogées séparément. Il arrive très fréquemment que les passdarans arrêtent de jeunes mariés dans la rue. Ils séparent le mari de sa femme, leur posent toutes sortes de questions sur leur famille, la date et le lieu de leur mariage, le nom de leurs parents... Si les déclarations du mari et de la femme sont identiques, il faut qu'un membre de la famille apporte leur livret de mariage pour fournir la preuve qu'ils sont vraiment mariés. Ils seront relâchés, mais après avoir reconnu leur tort et signé l'engagement de ne plus jamais avoir une attitude déplacée dans la rue. Les attitudes coupables sont en règle générale : une mèche de cheveux de la jeune femme qui dépasse, le maquillage de la jeune femme, le rire de la jeune femme en plein milieu d'une rue, car en pays d'islam la voix de la femme doit se faire discrète, l'échange d'un regard amoureux entre les jeunes mariés surpris par l'œil attentif d'un passdaran, ou encore le fait que les jeunes mariés aient eu la vulgaire idée occidentale de se donner la main.

En un sens, ils ont raison les gardiens de l'islam : comment pourraient-ils discerner la différence entre les regards amoureux de deux jeunes mariés et les regards amoureux de deux jeunes non mariés ?

Tout délire a sa propre logique.

Il existe, dans toutes les universités, des chaires d'exégèse du Coran, de morale islamique, de vision du monde islamique, de société islamique, de l'islam dialectique, de discernement islamique…, dont les enseignements, obligatoires pour tous les étudiants, éclairent les « jeunes de l'islam » sur ces sujets fort délicats.

Le discernement islamique a une telle importance dans ce pays que les mollahs en ont fait de multiples spécialités. Ils ont même créé le ministère du Discernement islamique ! Le ministère des ministères !

Bien que tout soit interdit dans ce pays, tout y est possible. La bourgeoisie, petite ou grande, les riches, nouveaux ou anciens, boivent de l'alcool, baisent sans être mariés (mais sans jamais l'avouer), regardent des DVD et les chaînes câblées, font des fêtes où hommes et femmes dansent ensemble… Dans les quartiers pauvres, cent fois plus nombreux et cent fois plus peuplés, la prostitution, l'héroïne, les trafics de tout genre, les violences de tout genre, les viols de tout genre et surtout le viol des fillettes font des ravages.

Mais, selon la version officielle, l'islam, ses dogmes, ses lois et ses hommes protègent les musulmans de tout.

Qui pourra croira.

Qui voudra croira.

Chacune des trois filles attendait seule dans sa cellule. L'odeur d'urine, de crasse, de sueur, les grands cafards et le manque d'air et de lumière augmentaient leur panique. Quelques dizaines de minutes passèrent.

La porte de la cellule de Nahid s'ouvrit. Deux gardiens entrèrent et refermèrent la porte.

— Alors une traînée comme toi se fait belle, se maquille et se promène de ville en ville ?

— Je ne suis pas une traînée et je n'ai pas de maquillage.

— Tu n'as pas de maquillage, on va voir ça, et tu n'es pas une traînée non plus, on va vérifier ça aussi.

Un des gardiens la gifla, retira son voile, la jeta par terre et la roua de coups en la traitant de sale pute de traînée...

— Non, arrêtez ! Non, je vous en supplie, au nom de Dieu, s'il vous plaît...

Roxane et Zahra entendirent les cris de Nahid. Elles se mirent à cogner à la porte de leur cellule.

— Qu'est-ce qui se passe ? Ouvrez, ouvrez la porte !

La porte de la cellule de Roxane s'ouvrit. Deux gardiens entrèrent. Ils refermèrent la porte. L'un d'eux gifla Roxane.

— Ta gueule ! Ta pute de copine n'est même pas vierge.

— C'est normal, elle est mère de deux garçons.

— Ah oui, toutes, vous êtes des traînées, on va voir si toi, tu es vierge.

— Vous n'avez pas le droit. Lâchez-moi.

— Tu vas peut-être nous dire quels sont nos droits.

— Vous ne pouvez pas. Laissez-moi sortir. Zahra est la fille de…

Elle ne put terminer sa phrase, un gardien la bâillonna…

La porte de la cellule de Zahra s'ouvrit. Deux gardiens entrèrent. Avant qu'ils n'aient refermé la porte, Zahra dit en hâte :

— Je suis la fille de l'ayatollah Silam. J'ai mon cousin ici à Ispahan, il est le chef du comité central, je dois être chez lui ce soir…

Ces paroles figèrent les deux gardiens. Après quelques secondes de stupéfaction, ils laissèrent la porte entrouverte.

— Et ton père sait que sa fille se promène sans aucun homme d'une ville à l'autre ?

— Je devais aller chez mon cousin, dit-elle en tremblant et en pleurant.

— Pourquoi tu ne l'as pas dit plus tôt ?

— J'ai, j'ai pensé à la réputation de mon père.

— Si tu pensais un peu à l'honneur de ton père, tu ne te serais pas donnée en spectacle sous le regard des hommes... Sors, sors d'ici.

Ils firent entrer Zahra dans un des bureaux, lui offrirent un verre d'eau.

— Reste ici, donne-moi le numéro de téléphone de ton cousin, je vais l'appeler.

— Je ne connais pas son numéro par cœur, mais vous pouvez appeler le comité central et demander le chef du comité, Monsieur Silam, vous le connaissez sûrement au moins de nom.

Les deux gardiens se retournèrent pour sortir du bureau.

— Et mes amies, où sont-elles ? Elles peuvent sortir... maintenant ?

— Oui, oui, elles vont arriver.

En réalité, Zahra n'avait pas prévenu son cousin qu'elle serait à Ispahan. Celui-ci, comme son père, lui aurait interdit de voyager sans un homme de sa famille. Mais, devinant enfin la gravité de leur situation, elle préférait encore les châtiments familiaux à ceux des gardiens de l'islam.

Les deux gardiens mirent leurs collègues au courant de l'identité de Zahra. Mais c'était trop tard. Ils étaient déjà allés beaucoup trop loin. Faire marche arrière était impossible. Pour empêcher la délation à l'intérieur du système, ils entrèrent l'un après l'autre dans les cellules de Nahid et de Roxane, même ceux qui peut-être n'auraient pas commis un tel crime si l'un d'eux n'avait pas commencé. Ainsi, tous complices, aucun d'eux ne pourrait dénoncer les autres.

Nahid et Roxane ne savaient combien d'hommes étaient passés dans leur cellule, sept, huit, neuf...

— J'ai essayé d'appeler monsieur Silam, mais il n'est pas au comité central pour le moment, je ne lui ai pas laissé de message. Il n'est pas bon pour sa réputation que tout le comité sache que sa cousine s'est fait ramasser dans la rue. Je vais encore essayer, mais vous imaginez à quel point ça va nuire à son honneur et à celui de votre père, l'ayatollah Silam. Je vais demander au chef quelle décision il va prendre, dit un gardien à Zahra.

— Et mes amies ?

— On les interroge.

Zahra resta seule à attendre pendant quelques dizaines de minutes.

Deux gardiens firent sortir Nahid de sa cellule et la firent entrer dans les toilettes.

— Secoue ton manteau et ton voile, arrange aussi ta gueule de pute.

Elle sortit des toilettes. On la fit entrer dans un petit bureau, on lui donna un grand verre d'eau avec des sucres.

— Bois ton verre, signe ça et tu seras libre ; si tu dis un mot à qui que ce soit de ce qui s'est passé, ta mère trouvera ton cadavre. Tu piges ?

— Oui.

Elle signa l'engagement de respecter désormais les règles islamiques et de ne plus faire ce qu'elle avait fait.

— Et sache que tes deux copines, elles, n'ont pas essayé d'exciter les gardiens. S'il t'est arrivé quelque chose, tu en es la seule coupable. Un homme ne sort jamais du droit chemin sans qu'une femme l'y incite.

Le chef de comité entra dans le bureau où attendait Zahra.

— On n'arrive toujours pas à joindre votre cousin. Je connais personnellement Monsieur Hadji Silam (le titre « Hadji » distingue les musulmans qui ont fait le pèlerinage de La Mecque) et je sais qu'il n'apprécierait pas que tout le comité central sache que sa propre cousine a été arrêtée. Alors je ne vais pas lui laisser de message et cette fois-ci, par respect pour Hadji Silam et pour l'honneur de l'ayatollah Silam, on vous laisse partir...

Zahra était soulagée. Le chef du comité savait pertinemment que Zahra ne dirait rien de leur arrestation ni à son cousin, ni à son père. Pour des raisons différentes, la dissimulation convenait à tout le monde.

Roxane, elle aussi, passa dans les toilettes, elle aussi eut droit au verre d'eau et aux sucres. Elle aussi signa qu'elle ne ferait plus ce qu'elle avait fait. Le chef du comité lui vociféra les mêmes menaces qu'à Nahid.

— Si tu racontes quoi que ce soit, ta mère trouvera ton cadavre… Toi, il faudrait te couper la langue. Allez, sors d'ici !

Nahid et Roxane rejoignirent Zahra.
— Ah, mon Dieu, ça va ? Ils vous ont battues ? demanda Zahra en se levant de sa chaise.

Nahid et Roxane ne dirent mot. Les trois filles sortirent du comité.

La ville n'était plus la même.

Ispahan avait bien changé.

Nahid et Roxane marchaient sans rien dire, sans se regarder, sans regarder Zahra qui continuait à parler.

— C'est une honte... ah mon Dieu, j'aurais dû parler plus tôt, mais je ne pensais pas qu'ils vous battraient... vous ne connaissez pas mon père, il est capable de me retirer de l'université...

Nahid et Roxane ne l'écoutaient pas, elles ne l'entendaient pas. Elles marchaient comme deux automates. Deux jours plus tard, elles retournèrent à Bandar Abbas. Pendant tout ce temps, Nahid et Roxane ne se dirent rien. Elles s'évitèrent. Une seule fois leurs regards se croisèrent, elles virent l'horreur dans le regard de l'autre et surent ce qui s'était passé.

Trois semaines plus tard, sur l'autoroute, à Bandar Ababas, on trouva le corps de Nahid. Elle s'était jetée sous un camion.

Les rumeurs se répandirent dans l'université :

— Elle s'est suicidée parce qu'elle avait couché avec des hommes et qu'elle était enceinte ; une jeune femme comme ça, de toute façon, c'était évident qu'elle ne pouvait pas se retenir... Comment elle marchait dans la rue ! À chaque pas, elle faisait courir les hommes derrière elle.

— Il paraît qu'elle se prostituait. Elle couchait pour mille tomans. Remarque, ses beaux-parents avaient raison, les pauvres, quelle honte. Mais tu imagines : coucher avec n'importe qui seulement pour mille tomans... De toute façon, c'était une fille d'un milieu très pauvre...

Le soir même, Roxane prit l'avion et quitta Bandar Abbas. Elle arriva à Téhéran, chez elle, sans avoir prévenu. Depuis une semaine, elle attendait ses règles. Elle avait du retard. Elle vit un médecin et fit l'examen sous un faux nom.

Elle était enceinte.

Elle déchira le résultat de l'examen en sortant du laboratoire médical. Je suis enceinte, la phrase résonnait dans sa tête. La nouvelle d'une tumeur cancéreuse n'eût pas été plus terrible.

— Il faut avorter. Mais comment ? Où ? À qui faire confiance ?

De ce qui s'était passé elle ne pouvait parler à personne, pas même aux siens, pas même à sa plus proche amie. Si elles s'étaient parlé avec Nahid...

En réalité, elles s'étaient évitées parce que chacune d'elles voyait dans le visage de l'autre l'insoutenable, chacune se sentait coupable, avait honte de ce qu'elle avait subi et avait peur que l'autre la voie ainsi : honteuse et coupable. Elles s'étaient évitées parce que chacune savait que l'autre ne pouvait rien et craignait qu'elles se rendent mutuellement responsables de ce qui s'était passé.

— Si tu n'avais pas regardé les gardiens avec tes beaux yeux...

— Si tu avais tenu ta langue et ne les avais pas énervés...

— Si Zahra avait donné le nom de son père plus tôt...

— Si on n'avait pas enlevé nos chaussettes...

— Si on n'était pas allées à Ispahan en cachette...

— Si... si, si, si, si, si, si...

— Qu'est-ce que je vais faire ? Qu'est-ce que je peux faire ?

Certaines filles, après avoir été violées par les gardiens de l'islam, avaient été accusées d'être des prostituées, et pour étouffer l'affaire on les avait lapidées ou assassinées. Tout le monde le sait en Iran. Et tout le monde fait semblant de l'ignorer.

Roxane resta à Téhéran. Aucune solution ne pouvait se trouver dans une petite ville comme Bandar Abbas. Pendant une semaine, elle alla sur l'autoroute de Park Way qui traverse Téhéran du sud au nord. Elle regardait pendant des heures déferler les voitures et les camions, puis elle rentrait chez elle. Elle ne savait si elle était dans la réalité ou dans un cauchemar, mais son corps sans cesse lui rappelait la réalité. Elle avait des nausées ; même l'eau qu'elle avalait, elle la vomissait. Elle ne mangeait plus rien. Bien qu'enceinte, elle avait maigri.

— Je dois quitter l'Iran, annonça-t-elle un soir aux siens.

Son ton grave interpella ses aînés, ils s'opposèrent à elle :

— Et où comptes-tu aller, si ce n'est pas indiscret ? ironisa un de ses frères.

— Je ne sais pas, j'irai en Turquie, comme tout le monde, et je ferai la demande de visa pour les États-Unis...

— Sans aucune inscription universitaire, sans aucun projet, sans savoir où aller, comme ça, tu veux abandonner tes études et partir sur un coup de tête... ?

— Je n'ai pas d'explication à vous donner, je dois quitter l'Iran et je ne peux pas attendre.

— Tu es amoureuse de quelqu'un et tu veux partir avec lui ?

— Non.

Roxane avait un copain, un étudiant, mais même à lui elle ne pouvait raconter ce qui s'était passé.

— Alors pourquoi tu dois partir ?

— Je dois partir, c'est tout.

— On ne peut pas te laisser partir comme ça.

— Si vous ne me laissez pas partir, vous le regretterez.

— C'est quoi cette menace ?

— Ce n'est pas une menace.

Ses sœurs intervinrent :

— Attends, si tu veux partir, il faut voir, réfléchir où tu peux aller, prendre le temps de préparer...

— Je ne peux pas attendre.

— Mais que vont dire les gens ? « Ils ont laissé partir leur petite sœur comme ça, comme une sans famille... » ?

— Qu'est-ce que j'en ai à faire des gens... il n'y a que les gens et ce qu'ils peuvent penser qui comptent pour vous ?...

Le ton monta. La discussion se transforma en dispute. La Turquie était un des rares pays où les Iraniens pouvaient aller et séjourner pendant trois mois sans visa. Mais pour y aller, Roxane avait besoin d'argent.

— Que vous m'aidiez ou non, je partirai.

— Tu n'iras nulle part, dit un de ses frères aînés, très remonté.

— Toi, tu n'es pas mon père, tu n'as aucun droit sur moi.

— Mais tu te crois où ? Tu crois qu'on peut te laisser partir comme ça, comme une vagabonde, sans même que tu nous dises pourquoi tu dois quitter d'urgence ce pays ? On ne t'a pas condamnée à mort, que je sache...

— Mais qu'est-ce que ça peut te faire que je reste ou que je quitte l'Iran ? Il s'agit de ma vie à moi, de rien d'autre et je suis majeure.

— Il ne s'agit pas que de ta vie, il s'agit avant tout de l'honneur de notre famille. Les gens vont dire : son père était vieux, mais ses frères, ils n'avaient aucun honneur ?

— Veux-tu que je te dise ce que je pense de votre honneur de mec, de votre honneur de merde ?

— Bravo ! Je vais déchirer ton passeport et on va voir, sans argent et sans passeport, si tu peux aller loin.

— Tu n'as pas le droit de confisquer mon passeport.

— Tu n'iras nulle part et maintenant ça suffit.

— Ni toi, ni personne d'autre ne pourrez me retenir. Je partirai même si ça me coûte la vie.

Roxane était à bout et voyait ses frères et ses sœurs comme des ennemis. Elle voyait le monde entier comme un ennemi.

Pourquoi ne leur disait-elle pas ce qui s'était passé ? Le silence obstiné de Roxane avait des raisons qu'elle-même ignorait. Bien sûr elle n'aurait pas pu supporter, à ce moment-là, les blâmes de sa famille, ni le poids de la culpabilité et le scandale. Mais surtout, le dire c'était admettre, accepter ce qui c'était passé. Dans la cellule, elle était restée absente d'elle-même. Son corps, lui, avait subi un traumatisme et la conséquence était là : la grossesse. Mais au moment du traumatisme, Roxane n'était pas présente à son corps ; son corps l'avait subi sans qu'elle le vécût. Et c'était cette absence qui lui donnait la force de continuer, de ne pas finir comme Nahid. C'était ce refus qui lui donnait la rage de vivre.

Il y a des choses qu'on ne peut pas vivre, mais auxquelles on peut survivre.

Il y a des choses qu'on ne doit pas vivre si on veut y survivre.

Pacha Khân apparut sur le seuil de sa chambre. Depuis quelques jours, il était très malade.

Il appela Roxane. Il avait tout entendu. Elle rejoignit son père dans la chambre.

— Que s'est-il passé de si grave ? demanda-t-il calmement à sa fille.

Roxane garda le silence.

— Parlez-moi, ma fille. Vous pouvez tout me dire.

Elle avait la gorge serrée, les yeux humides. Elle avala les larmes qui allaient couler, mais elle n'arrivait toujours pas à parler.

Pacha Khân, qui parlait difficilement, reprit.

— Avez-vous commis un acte que vous regrettez ?

Deux grosses larmes coulèrent sur le visage de Roxane.

— Je suis votre père, je n'ai pas d'autre souhait que votre bonheur. Je vous aiderai, quel que soit l'acte que vous ayez commis.

— Je n'ai rien fait de mal. Faites-moi confiance, je dois quitter l'Iran, et le plus vite possible, je n'ai pas le choix, dit-elle d'une voix suppliante à son père.

Pacha Khân regarda longtemps sa fille.

— J'ai confiance en vous, ma fille, et j'entends la gravité de votre demande. Vous partirez si c'est la seule solution, mais je voudrais vous aider davantage.

— Vous ne pouvez rien d'autre pour le moment. Je vous écrirai de Turquie.

Pacha Khân sortit de sa chambre. Il s'adressa à son fils aîné.

— Après ma mort, si vous voulez prendre la responsabilité de vos cadets, alors vous devrez vous comporter comme un père, comme vous l'êtes pour vos propres enfants. Mais jusqu'à ma mort, c'est moi son père : elle partira où elle voudra et le plus vite possible.

Roxane acheta son billet, réserva une chambre chez une dame turque, par l'intermédiaire d'une agence, et partit à Istanbul.

Elle appela sa famille le soir de son arrivée.

— Demain je vais aller à l'ambassade des États-Unis pour faire la demande de visa...

Le lendemain, elle choisit dans l'annuaire un gynécologue, le consulta, prit rendez-vous pour l'avortement alors qu'elle était enceinte de plus de deux mois.

Le troisième soir, de la fenêtre de sa chambre, Roxane regardait les toits rouges d'Istanbul. Elle avait le cœur lourd.

— Demain matin, on l'arrachera, se dit-elle en touchant son ventre.

Bien qu'elle eût maigri, ses seins avaient grossi.

Le téléphone sonna.

— C'est de l'Iran, c'est pour vous, lui dit sa logeuse.

Roxane courut vers le téléphone dans le salon.

— Allô ?

— Allô, c'est moi... Pacha Khân... Pacha Khân est mort, dit la voix de sa sœur, en larmes.

Roxane tenait le téléphone à la main. Elle ne respirait plus.

— Allô, tu entends ?... Allô ? Allô ? Tu as compris ? Pacha Khan est mort, il est mort ce soir, Roxane tu es là ? Allô ? Allô ?

— Oui.

— ... Alors rentre tout de suite pour les cérémonies.

— Non.

— Tu ne veux pas rentrer pour l'enterrement de ton père ?

Roxane ne dit rien.

— Pourquoi tu ne parles pas, Roxane ? Roxane ? Allez, réponds !

— Je ne rentre pas. Je ne t'entends plus... la ligne est mauvaise...

Elle raccrocha le téléphone, retourna dans sa chambre, s'assit au bord du lit et regarda le ciel longtemps, sans aucune larme.

Le lendemain, à neuf heures, elle était à la clinique. Vers midi, elle se réveilla. C'était fini. Elle avait une faim de loup. Une faim qui ne ressemblait à aucune autre expérience dans la vie : la faim d'après l'avortement. Ses entrailles avaient été vidées ; il fallait se remplir pour pouvoir continuer. Elle sortit de la clinique. Elle se sentait sans vie, à tel point qu'elle aurait pu se laisser mourir à cet instant-là. Juste à côté, il y avait un petit restaurant, où entraient sûrement toutes les femmes qui venaient d'avorter. Elle y entra. Elle mangea et resta assise pendant quelque temps. Deux mois s'écoulèrent sous ses yeux comme un film ; seulement elle n'était pas au cinéma, mais dans un restaurant, à Istanbul.

Pacha Khân venait réellement de mourir, elle venait réellement d'avorter et ne savait ce qu'elle allait faire de sa vie.

Elle se leva, prit le bus et rentra chez elle.

Elle eut une hémorragie importante qui dura sept jours.

Les cérémonies de funérailles en Iran durent sept jours.

Au huitième jour, alors que les cérémonies de Pacha Khân étaient terminées, elle appela sa sœur.

— Allô, bonjour, c'est Roxane.

— Pourquoi tu appelles maintenant ? Tu n'es qu'une égoïste qui ne penses qu'à toi-même. Tout le monde a demandé où était passée la fille cadette de Pacha Khân et l'on ne savait que répondre... À cause de toi, on a été humiliés devant tout le monde et la réputation de Pacha Khân a été entachée à jamais. Tu n'as même pas pensé à ton père. Puisque tu n'es pas rentrée pour ses funérailles, alors ne rentre plus jamais.

Roxane raccrocha.

Il y a des épreuves dans la vie qu'il faut endurer sans faiblesse aucune, quitte à dénier la réalité, quitte à rester absent de soi-même. La moindre faiblesse, et ce serait l'effondrement total.

Reste inconsciente et laisse l'inconscient te guider, te donner la force ou la mort, à sa guise.

Elle vécut deux années à Istanbul, apprit le turc, travailla dans un hôpital, tous les trois mois traversa la frontière de Bulgarie à pied pour renouveler son visa de séjour, passa le concours d'accès à l'université, y fut reçue, connut des hauts et des bas... Puis elle quitta Istanbul pour Paris.

Julie et le psychiatre arrivèrent en même temps au commissariat.

Le psychiatre diagnostiqua qu'elle souffrait de réminiscence. Il dit qu'il avait déjà été appelé dans des commissariats pour des cas semblables, souvent des jeunes femmes venues des pays du Sud. Il lui fit une piqûre pour la calmer.

Julie donna la carte de séjour au policier et s'emporta contre lui :

— Il n'y a pas d'autres problèmes dans ce pays qu'une fille à vélo qui a pris un sens interdit ?

On lui colla un procès-verbal.

Roxane fut transportée au service psychiatrique de Sainte-Anne.

Julie expliqua au psychiatre qu'elle n'avait jamais constaté un comportement anormal chez Roxane, qu'elle lui confiait sa fille et sa maison sans problème.

Lettre XVIII

Monsieur Charles de Montesquieu
9 rue Gérard-de-Nerval, 75018 Paris.

Cher Monsieur Montesquieu,

Je me plaignais du manque de sagesse et de folie ; pour la folie, ça y est, j'ai mon compte, je suis dans un hôpital psychiatrique parmi les fous. À bien regarder, ils ne sont pas si fous que ça. Beaucoup d'entre eux, comme moi, souffrent de cette affreuse solitude que les gens contractent en Occident.

J'ai reçu, comme d'habitude, la dernière lettre que je vous avais envoyée.

Comme je n'étais pas chez moi, on me l'a apportée ici. Ce qui m'a valu le regard stupéfait de l'infirmière qui me l'a remise.

Ce matin, à l'heure de la consultation, le psychiatre m'a dit : « Il paraît que vous avez reçu une lettre, voulez-vous m'en parler ? » Je n'ai répondu que par le silence. Alors il a ajouté : « Comme vous le savez sûrement, Montesquieu est un auteur du XVIIIe siècle et il est mort il y a près de trois siècles. » Je gardais toujours le silence et me demandais où il voulait en venir, lorsqu'il m'a demandé : « Pensez-vous que ce serait normal si quelqu'un lui envoyait du courrier ? » À ces mots, je n'ai pu m'empêcher de lever la tête et de le regarder. Il a attendu quelques instants ma réponse, mais heureusement il avait beaucoup d'autres fous à consulter, je veux dire à recevoir. Alors il ne s'est pas trop attardé et m'a dit en partant : « La prochaine fois, on en reparlera. »

Qu'en pensez-vous ? Trouvez-vous vraiment que ce n'est pas normal que je vous écrive ? Je sais bien qu'en réalité, il vous est impossible de recevoir mes lettres, mais ce n'est pas si important que ça. Après tout, ce n'est ni de votre faute, ni de la mienne, c'est comme ça. Personne n'y peut rien, mais ce que je ne comprends pas, c'est le raisonnement pragmatique qui en résulte : pourquoi ne serait-il pas normal de vous écrire des lettres sous prétexte que vous ne pouvez pas les recevoir ? À dire vrai, je crois que, si vous pouviez recevoir mes lettres, je n'aurais jamais osé vous les envoyer. Je ne comprends pas cette manie de la réalité à laquelle les gens sont accrochés ; il n'y a pas que la réalité dans la vie.

Vous qui êtes l'exemple même de la sagacité, trouvez-vous raisonnable de vouer toute une vie à la réalité ? Vous-même, n'avez-vous pas créé des Persans imaginaires ? Votre Usbek, votre Rica et votre Roxane, ils n'ont jamais existé, et je suis sûre que quand vous écriviez vos *Lettres persanes*, vous ressentiez pourtant leur présence à vos côtés. Tandis que vous, vous avez existé réellement ; serait-il donc si fou de vous imaginer ?

Que vous écrire soit normal ou pas normal, il me semble que vous ne verrez aucun mal à ce que votre présence aujourd'hui soit l'invention consolatrice de la solitude de mon esprit.

Comme j'ai grandi sous l'oppression étatique, je souffre, paraît-il, d'une dépression névrotique. L'idée de suicide me hante plus que jamais, alors même qu'une légèreté joyeuse et ironique enrobe mon désespoir. En Iran, lorsque je lisais les livres de Sadegh Hedayat, un romancier iranien qui s'est donné la mort à Paris, je ne comprenais pas la cause d'un tel désespoir et d'un tel acte. Sans trouver la moindre réponse, je me demandais souvent : comment peut-on se suicider quand on vit à Paris ? Je crois que je commence à comprendre : vivre à Paris ne suffit pas, si grande que soit la magie de Paris.

Je ne sais si j'étais heureuse ou malheureuse dans votre pays. J'essaie de me convaincre que j'étais plutôt heureuse, puis je me dis : que fais-je alors dans cet endroit ? Les médicaments qu'on vous donne ici vous assomment. Il me semble que mon cerveau marche au ralenti.

Je n'ai pas encore trente ans et souvent il me semble que je suis vieille de trois siècles. Je suis fatiguée de tout, du monde, de la réalité et même de Paris. Je suis assez fatiguée pour mourir.

Je pensais que le monde du passé, c'était le monde d'hier, fini, terminé. Je pensais que je commencerais une nouvelle vie, dans un nouveau monde, dans un nouveau pays, dans une nouvelle langue. J'étais crédule et pensais que les choses nouvelles me feraient perdre la mémoire des choses passées. Je courais en avant pour fuir le passé, mais il courait plus vite que moi, il m'a rattrapée.

Je me suis trompée. En réalité, tout ce que j'ai entrepris depuis que je suis à Paris, même ces lettres que je vous écris, n'avait d'autre but que de me tromper.

J'ai atteint ma limite. Je n'ai plus de force, plus de vie. Cette terre m'est étrangère, je suis étrangère aux autres et à moi-même, à vous aussi sans doute.

Je ne vois qu'un champ de désespoir,

Roxane.

Roxane sortit de Sainte-Anne après deux semaines. Julie était partie à Téhéran. C'était un matin glacial. La violence du monde extérieur lui était insupportable. Il y avait deux ans, par un matin aussi froid, elle était arrivée à Paris. Elle marcha. Elle marcha longtemps. Le froid était pénétrant. Elle passa plusieurs fois dans les mêmes rues sans s'en rendre compte, son sac à la main. Elle entra dans un supermarché, prit un cutter, fit la queue devant la caisse, le paya et ressortit. Elle marcha sans savoir où elle allait. Elle se trouva devant un hôtel. Elle entra, demanda une chambre. On lui dit qu'une chambre serait prête dans une dizaine de minutes. Le réceptionniste lui proposa un café. Elle le but en attendant dans le hall, prit son sac, monta dans la chambre et accrocha à la porte le panneau « ne pas déranger ». Elle resta assise quelques minutes sur le lit. Elle sortit le cutter de son sac, ouvrit l'emballage et s'ouvrit les veines. Plusieurs minutes s'écoulèrent. Elle perdit connaissance.

On frappa à sa porte. Une fois, plusieurs fois. Le client précédent avait oublié une veste dans l'armoire. Le réceptionniste ouvrit la porte. Il appela le Samu. On emporta Roxane à l'hôpital. Elle fut opérée rapidement. On l'envoya à nouveau au service psychiatrique de Sainte-Anne.

Un mois plus tard, elle fut libérée. Le printemps arrivait. Il faisait beau, presque chaud. Les arbres étaient fleuris. La violence du monde extérieur lui était toujours insupportable. Elle rentra chez elle, dans sa chambre. Elle s'assit sur le lit. Son bras gauche portait encore un plâtre. Le cutter n'avait pas raté ses tendons et ses nerfs. Le ciel découpé dans l'encadrement de la lucarne était bleu et clair.

Traduction des poèmes de Hâfez par Vincent Mansour Monteil et Akbar Tadjvidi, éditions Sinbad-Actes Sud.

Traduction du texte de Saadi extrait de l'*Anthologie persane*, par Henri Massé, éditions Payot-Rivages.

Traduction des *Quatrains* d'Omar Khayyâm par l'auteur.

8425

Composition
IGS

Achevé d'imprimer en Slovaquie
par NOVOPRINT SLK
le 13 octobre 2020

1er dépôt légal dans la collection : août 2007
EAN 9782290001592
OTP L21EPLN000141A011
ÉDITIONS J'AI LU
87, quai Panhard-et-Levassor, 75013 Paris

Diffusion France et étranger : Flammarion